レジェンドノベルス
LEGEND NOVELS

迷宮のスマートライフ 1

鈴木健一郎のダンジョン攻略メソッド

contents

迷宮のスマートライフ　1

鈴木健一郎のダンジョン攻略メソッド

プロローグ

獲物の背後から音もなく忍び寄り、右手に握った鉄製の鎚矛《メイス》を静かに振り上げた後、力を込めて素早く振り下ろす。

黒一色に染められたメイスが獲物の後頭部と首の間、人間であれば延髄と呼ばれるのであろう場所に過《あやま》たず命中していた。右手には背骨を砕いたという確かな手応えがある。

そして間髪いれず頭頂部めがけて第二撃を叩《たた》き込《こ》み、頭蓋もろとも脳を砕いて止めを刺す。

断末魔の声をあげることもできずに事切れ、力を失って地面に崩れ落ちる物体から素早く距離を取りつつ、周囲の気配を探る。

周囲に他のモンスターがいないことは戦闘前にさんざん確かめているが、それでも警戒を怠ることはない。なぜならば、勝利を確信した瞬間こそが最も危険であると知っているからだ。

モンスターを倒して一息ついたところを別のモンスターに襲われ、不注意の代償を自分の命で支払わされたなんて話は嫌になるほど耳にしている。

完全な静寂が保たれたまま数秒が過ぎた。五感を総動員しても他に気配は感じ取れない。

「ふーっ……」

差し迫った危険がないと判断して、わずかに緊張を緩める。

戦闘が終わったのであれば、すぐに後始末をしてしまわなければならない。

右手に握られたままのメイスをざっと見て、特に異常がないことを確認してから腰の右側に吊《つ》り下《さ》げる。今回は出番のなかった左腰のショート・ソードも、行動の邪魔にはならずしかし抜きやすくなるように位置を微調整する。

そういった戦いの後の儀式を済ませてから先ほど刈り取った生命の残骸に目を向けると、ちょうど崩壊が始まるところだった。

迷宮探索者から『忍び寄る影』あるいは『影豹《かげひょう》』と呼ばれ、音なき死の運び屋として恐れられる漆黒の豹人。淡く光る謎の粒子がその全身から立ち上り始め、肉体は急速に形をなくしていく。

人間並みのサイズがあったモンスターの死体は、ものの数十秒で跡形もなく消えてしまう。その代わりに、直径二センチ程度の白濁した半透明の石と、三十センチを超える巨大な鉤爪《かぎづめ》が残った。

(いつ見てもゲームみたいだよな)

地面に転がった戦利品を拾い上げつつ、思うとはなしに思う。それは、彼がこの五年間――こちらの世界で迷宮探索者となって以来、数え切れないくらい何度も感じてきたものだった。

＊

この世界には迷宮があふれている。

各地に点在する迷宮をいつ、誰が、なぜ、どのように作ったかについては、長年の研究を経ても何一つ解明されていない。しかし、人智《じんち》を超える存在が迷宮の創造に関わったという点については、およそ全ての人間にとって共通認識となっている。

そうとでも考えなければ、迷宮で起こる不可思議な現象について説明が付かないからだ。

迷宮の中には多種多様なモンスターが数多く生息するが、それらのモンスターは迷宮自体が生み出しているものと結論づけられている。

入手経路が不明な道具や武具を所持していること、食事や睡眠といった生命を維持するための行為をほとんど行わないこと、繁殖活動が行われた形跡がないのに個体数が維持されていることもそうだが、最大の特徴はその最期にある。

迷宮が生み出したモンスターは、死亡してから十秒もしないうちに肉体および所持品の崩壊が始まり、短時間のうちに跡形もなく消えてしまう。この崩壊現象は迷宮に由来するモンスター特有のものであり、迷宮の外に由来を持つ生物で同様の現象が確認されたことはない。

そして死体が消えた後には、魔力が結晶化した物質である〝魔石〟が必ず残される。

迷宮の外にいるモンスターでも、幻獣や魔獣といった高い魔力を有する種族であれば体内に魔石を有することがある。しかし、そういった一部の例外を除く生物の体内から魔石が見つかったことはない。人間の体内から魔石が発見されたとする報告はいくつかあるが、その全てが故人の威光を高めることを狙って捏造《ねつぞう》されたものであると断定されている。

一方、迷宮が生み出したモンスターの場合は、迷宮最弱の種族である洞窟コウモリですら死ねば魔石を残す。ごくごく低品質の物で、拾って売っても子供の小遣いぐらいにしかならないが、魔石には違いない。

稀《まれ》に、モンスターの所持品や肉体の一部だったものが残されることもあり、そうした遺物は一般に〝ドロップアイテム〟と呼ばれている。

これらのことから、研究者の間では「迷宮最深部から湧きだした魔力が結晶化して魔石となり、魔石を核として迷宮内のモンスターが生成される」というのが通説となっている。

つまり迷宮内のモンスターは「人間の感覚全てに作用する幻覚」のようなもので、だからモンスターが死ぬと跡形もなく消滅するという理屈のようだ。

肉体の一部や所持品が残ることがあるのは、迷宮のシステムにエラーが発生するかなにかの要因で魔力が変質し、実体を持った結果ではないかと考えられている。

なるほど、と彼は思う。

仮説として成立しているように思えるし、それなりの説得力もあるのではないだろうか。

幻を作る魔法の存在については広く知られている。以前に見た〈幻像〉は一目で偽物と判《わか》る作りの粗いものだったが、その気になればもっと緻密な映像を作ることもできるらしい。

〈幻像〉に比べればかなりマイナーな存在ではあるが、何もない場所で音を鳴らす魔法や、触覚を騙《だま》す魔法、自由な匂いを作る魔法なんてものまで存在すると聞いている。

そういった魔法を上手《うま》く組み合わせれば、限りなく実物に近い幻覚を作ることも不可能ではないのかもしれない。

しかし、ただの幻覚に人を殺せるものだろうか。

昔、どこかで「熱した鉄を押し付けられたと思い込んだことで、実際には火傷《やけど》をしていないのに水ぶくれができた」という話を聞いたことがある。それが実際に起きたことだとすれば、攻撃を受けたと強く思い込むことで傷ができたり、ショック死したりする可能性もゼロではない。

しかし、負傷の原因が強力な自己暗示によるものだとすると、意志を持たない物体に対しては影響を与えられないことになる。そうなると、モンスターの攻撃を受け止めた際に武器や防具が壊れるという事実と整合性が取れなくなってしまう。

やはり幻覚の類ではなく、実体を持っているのではないだろうか。魔法によって土や水が創り出せるということを考慮にいれれば——

（いや、今はやめとこう）

モンスターに襲われる危険がある迷宮の中で長々と考えるべきことではないし、考えたからといってすぐに答えが出るような問題でもない。

そもそも、正解が解《わか》ったところで何が変わるわけでもないのだ。

迷宮の中にはモンスターがいて、モンスターを倒せば魔石やドロップアイテムが手に入って、それを地上に持ち帰って売れば金が手に入る。

迷宮探索者にとって重要で、意味があるのはたったそれだけだ。それ以外の些細《ささい》な問題については、象牙の塔で暇を持て余している学者様に考えさせればいい。

雑念のせいで生存率が下がることはあっても、上がることは絶対にないのだ。

（最近は、探索中にあんま余計なこと考えないようになってたんだけどな……）

よろしくない傾向だ。どうも集中力が切れ始めているらしい。

体力的にはさほど消耗しておらず、帰路で消費する分を差し引いても水や食料にはまだ十分な余裕がある。虎の子の回復薬は使っていないし、武器や防具もそれほど消耗していない。

しかし「もうはまだなり、まだはもうなり」という格言があるように、まだ大丈夫だと思っている時点ですでに潮どきなのだろう。

これまでの経験からしても、こういった曖昧な状態の時が最もドジを踏みやすかった。

他人の助けを期待できないソロ探索者なのだから、パーティを組んで活動する探索者の数倍は慎重さを持つべきだ。臆病者と蔑まれるくらいでちょうどいい。

先ほど影豹の鉤爪を手に入れたおかげで、今回の探索では十分な黒字が確保できている。明日いっぱいまでこの辺りで狩りを続ける予定だったが、ここまでで切り上げることにする。

そうと決まれば行動は早い。

左手で弄んでいた魔石を革製のウェストポーチにしまい、右手で持っていた鉤爪は戦闘開始前に地面に下ろしたバックパックの中に突っ込んだ。

この狩場に来た時より少し軽くなったバックパックを背負い、出口に向かって歩き始めた。

＊

帰路についてから一日半が経過した。

適度に休憩を挟みつつ真っ暗な洞窟を黙々と歩き続けた結果、狩場から出口までの距離のおよそ七割が消化できている。

(なんのトラブルもなきゃ、日が落ちる前には出られるな)

そんなことを考えたのが悪かったのだろうか。

進行方向に何者かの気配を感じ取り、即座に足を止めて気配を読むことに意識を集中する。

気配の主はどうやらこちらに向かって移動しているらしい。そう判断を下した彼は来た道を数十メートルほど引き返し、そこにある横道に入った。分かれ道から十数メートル進んだ場所にあった適度な大きさの岩に隠れ、息を潜める。迷宮と言うだけはあって身を隠す場所には事欠かない。

そのまま身じろぎもせず待つこと数分。

気配がはっきりと感じ取れるようになったタイミングで、地面に耳を押し当てる。

（……四人か。探索者だな）

微《かす》かに混じる金属が岩にぶつかるような音、なるべく音を立てないように気を配った歩き方。そして個々の歩幅が不揃《ふぞろ》いとなれば、それ以外の可能性は考えられない。

モンスターであれば底に鋲《びょう》を打ち込んだブーツは履かないし、歩く時に足音に気を遣ったりすることもない。通路を徘徊《はいかい》するモンスターの群れは必ず同一種のみで構成されるので、体格が大きく違うことはありえない。

（さて……どうするか）

気配の主が探索者だからといって安心はできない。いや、モンスターの場合よりもよほど警戒する必要があるのかもしれなかった。

迷宮探索者と書かれた名札をぶら下げて真っ当な職業であるかのような顔をしているが、世間一般からの認識は「ゴロツキに毛が生えたような奴《やつ》ら」だ。

実際問題として、探索者の大部分はお世辞にも素行が良《い》いとは言えない。

迷宮に潜るという行為が死と背中合わせであるだけに、探索者になるような人間は元から気性が激しいことが多い。業務内容も極めて暴力的で、良く言ってもモンスター退治、悪く言えばモンスター相手の強盗殺人だ。

そんな奴らの目の前に、金目の物を持った人間がのこのこと現れればどうなるだろうか。

迷宮内部は法の支配が及ばない場所であり、人間の死体が見つかっても殺人事件として捜査が行われることはなく、探索者が行方不明になったところで誰かが探しに来ることもない、というヒントを元に考えていただきたい。

仮に、こちらに向かってくる相手が強盗ではなく真っ当な探索者だったとしても、それで面倒事が起きないことが保証されたわけではない。

探索者の間でよく知られた格言の一つに「動くものを見たら敵と思え」というものがある。

普通なら言った相手の正気を疑うところだが、極めて見通しが悪い上にモンスターが跳梁跋扈《ちょうりょうばっこ》する迷宮という場所に限って言えば、そこまでおかしな理屈ではない。

その格言を真に受けたわけでもないだろうが、こちらをモンスターと誤認した探索者パーティから出合い頭に攻撃を仕掛けられたことがある。

幸いなことに、双方から怪我人《けがにん》が出る前に事態を終息させられたが、その時に加害者が言い放った「怪しい動きをしてたお前が悪い」というセリフは、思い出すたびに腸《はらわた》が煮えくり返る。

その苦い経験からなるべく探索者を避けるように行動すると、今度は探索者狩りを企《たくら》んでいるのではないかと疑われ、疑惑の払拭に多大な労力を費やすハメになったこともある。

詰まるところ、相手が人間であるかモンスターであるかに関係なく、迷宮の中で他者と出会うことそのものがリスクの塊と言えるだろう。

極端な意見だと思うかもしれないが、少なくとも彼にとっては紛れもない真理なのだ。

さて、過去は過去として今は他に考えなければいけないことがある。

今彼が隠れている場所は、迷宮の深部へ向かう〝順路〟から分岐した横道の一本だ。彼が知る限り抜け道ではなく、有名な狩場へ向かう時の通り道でもないはずだから、そこにいる探索者パーティがこちらの道を選ぶ可能性は低い。

しかしなにかの気まぐれで進む先を変えるかもしれず、たった十数メートルしか離れていないのではこちらの存在に勘付かれるかもしれない。

今の場所で隠れ続けているのは危険と判断して、横道のさらに奥へと移動する。

モンスターに警戒しつつ数十メートル進んだ場所で、椅子代わりにするにはちょうどいい高さの岩を見つけた。いつでも移動できるようにバックパックを背負ったまま腰を下ろす。

だんだん近づいてきた探索者パーティの気配は、ある時点を境にして遠ざかり始めた。やはり順路を進んでいくようだ。

すぐに出発しても良かったのだが、一度腰を下ろしたことによって疲労を自覚したことと、多少の空腹を覚えたことから、ここで昼食を兼ねた長めの休憩を取ることに決めた。

まずバックパックを地面に下ろしてから、水筒の中の温《ぬる》くて革の匂いがする水で喉を潤し、そのままでは固すぎて歯が立たない黒パンと、ただただ塩辛いだけの干し肉を腹に詰め込む。ここまで来られれば水や食料を節約する必要もないのだが、満腹になると動作が鈍くなる上に感覚も鈍るので、普段どおりの量に抑えておく。

それにしても、口直しとカロリー補給を同時にこなす黒砂糖のなんと偉大なことよ。

そうやって束《つか》の間《ま》の平穏に浸っているうちに、探索者パーティの気配は全く感じ取れなくなるほど遠ざかっていた。

所持品の確認を簡単に済ませ、往路と比べてかなり軽くなったバックパックを背負う。

それから出口ではなく横道の奥へ向かったのは、本当に単なる気まぐれだった。何らかの予兆を感じて普段は取らない行動を取った、なんて事実はどこをどう探しても出てこない。

たったの百数十メートル、時間にして数分程度進んだだけで横道の終点に着き——そこで彼は人生最大級の問題に直面する。

もちろん、行き止まりになったことが問題というわけではない。迷宮の通路は無数に枝分かれしているが、言わば幹にあたる順路以外はだいたいが袋小路《ふくろこうじ》になっているものだ。

突き当たりに小部屋があることに関しても、それ自体はどうということもない。

問題はその小部屋の入り口から光が漏れ出していることと、小部屋の中央にある円柱状の台座の上に宝箱が鎮座ましましていることだった。

宝箱と言っても、見た目はセメントブロックのような灰色の立方体である。つるりとした表面のおかげで金属製に見えないこともないが、どちらにせよあまり見栄えが良いものではない。

しかし、状況からして宝箱以外のものとは考えにくいのは確かだ。

迷宮の中に宝箱があるという話は広く知られている。迷宮探索者であれば言うまでもなく、その辺りを歩いている一般人の子供だって聞いたことくらいはあるだろう。

冒険譚《たん》に登場する宝箱だと、それを守護する強大な番人を倒すことで手に入るというのが定番だが、現役探索者の間でまことしやかに語られている噂《うわさ》の内容は大きく異なる。

なんでも、少し前まではなかったはずの道がいつの間にかできていて、そこを進んでいくとやがて光り輝く宝箱が現れる、らしい。

通ってきた横道がいつできたかは判らず、光っているのが宝箱ではなく部屋全体だという違いはあるが、今の状況と一致しているようにしか思えない。

彼が確信するに至った理由は他にもある。

そこにある灰色の物体が宝箱ではないとしたら、小部屋の状態がイレギュラーすぎるのだ。迷宮上層はアリの巣のような構造になっていて、至る場所に用途不明の小部屋がある。そういった小部屋の形はいびつで、天井も壁も床もでこぼことしたこげ茶色の岩肌がむき出しのままだ。

一方、宝箱らしき物が置かれている小部屋の床は完全に水平で、壁は垂直に立っている。部屋全体が白く見えるのは発光しているからか、それとも単に塗りつぶされているだけなのか。明らかに人工物という雰囲気を漂わせているが、まさかこんな場所に人間が部屋を作ろうとはしないだろうし、作れるとも思えない。

つまりこれは迷宮そのものが作った宝箱部屋であり、その中にあるのは迷宮が生み出した宝が詰められた箱である。

そうやって結論を出してみると、記憶の奥底に沈んでいた噂話が次々と思い出される。

一攫千金《いっかくせんきん》を狙える宝箱は全ての探索者にとって垂涎《すいぜん》の的であり、常に噂が絶えない。もっともらしい話から、子供も騙せないような下手な嘘《うそ》までよりどりみどりだ。雑多な噂の中から希望的観測やおまじないの類を取り除き、残った中からさらに現実的と思えるもののみを挙げてみよう。

喜び勇んで宝箱を開けたは良いが、大した価値のないガラクタが入っていた。

宝箱が置かれた部屋が、実は擬態したモンスターの口内だった。宝箱を開けたらモンスターが出てきた、あるいは宝箱そのものがモンスターの擬態だった。

宝箱に罠《わな》が仕掛けられていたという話は多い。爆発したり、毒ガスが吹き出してきたり、テレポートさせられたり、警報が鳴ってモンスターの大群が押し寄せてきたりとバリエーションは豊富だが、結末はどれも同じだ。

主役であるはずの宝箱がなぜか脇役になってしまった噂も豊富にある。

パーティ内で宝箱の真贋《しんがん》について意見が分かれ、開けるかどうかについて議論をしている最中に通路を徘徊するモンスターの不意打ちを食らい、命からがら逃げ出さざるをえなかった。

無事に財宝を手に入れたが、独り占めを目論《もくろ》んだパーティメンバーがいたことから同士討ちが始まり、最後に生き残った一人も結局はモンスターに襲われて死んだ。

様々な困難を乗り越えて地上に戻り、手に入れた財宝を売って大金を手に入れたところまでは良かったが、利益を分配する段階で揉《も》めに揉めて貴族を巻き込む大騒動に発展した。

一生遊んで暮らせるだけの金を手にして探索者を引退したものの、いくらも経《た》たないうちに詐欺に引っかかって一文無しになった。他にも盗賊に盗まれたとか、商売に失敗したとか、散財してあっという間に使い果たしたなどのバリエーションがある。

不幸な結末ばかりなのは、おそらく語り手の願望が込められているせいだろう。いわゆる酸っぱいブドウというやつだ。

しかし噂に近い状況で宝箱を見つけてしまった以上、他の噂を根拠がないからと切り捨てることはできない。むしろ、都合の悪い情報は全て真実であるという前提で行動すべきだ。

ソロ探索者であるがゆえに仲間との揉め事は起こりようがないが、それ以外のものについては最大限の注意を払う必要がある。

ならば、やるべきことは明確である。

まずは宝箱部屋の入り口周辺の罠を探すことから始めた。

これまでの経験から考えれば、最も仕掛けられている確率が高いのは落とし穴で、その次は隠されたボタンもしくはワイヤーを踏むことで矢が発射されるタイプの罠だ。

部屋の入り口から漏れ出ている光のおかげでそんなものがないことは一目瞭然ではあるが、念のために地面だけではなく左右と頭上も調べる。

次に、なにかあった時のために常に持ち歩いている丸い小石を数個、部屋に投げ込んだ。壁や床に当たった後の跳ね返り方に不自然さはなく、小石が宝箱の台座をすり抜けてしまうこともない。

これで部屋そのものが幻という可能性は消えた。

それから慎重に入り口へ近づき、侵入者を閉じ込めるための扉や鉄格子が設置されていないことを確かめる。

普段ならこれで安全が確保できたと判断するところだが、まだ十分ではない。

ウェストポーチから取り出した掌《てのひら》サイズの鏡を使い、部屋の外からでは目視できない部分を確認する。金属板を磨いただけの鏡は映りが良いものではないが、仕掛けの有無くらいは判る。

しかし、念入りに確認しても継ぎ目一つない壁が見えるだけで、罠どころかシミ一つ見つけられなかった。

部屋そのものがモンスターかどうかについては何とも言えない。

生物らしき気配は感じられず、それを示すような痕跡も見つけられないが、獲物が現れるまで仮死状態になるという習性を持っているかもしれない。

(だったら、動き出すのは部屋に入った時じゃなくて宝箱に触った時だろ。動物を捕まえる罠はそんな感じだしな)

強引な理屈で自分を納得させ、最大限の警戒をしながら宝箱部屋に一歩だけ踏み込んだ。数秒待って何も起きないのを確かめてから、壁沿いを反時計回りに一周、二周、三周。

台座は直径一メートル、高さ一・二メートル程度で、完全に床と一体化しているように見える。

その上に載っている宝箱は一辺が五十センチほどの正六面体で、蝶番《ちょうつがい》や取っ手、鍵穴らしきものは見当たらない。

離れた場所から見ていた時には全く気付かなかったのだが、近くで見ると側面の一つが他の三面に比べてわずかに低くなっていることが分かる。どうやら、上面をスライドさせて開け閉めする構造になっているようだ。

ご丁寧にも入り口から遠い方向に向かってスライドさせるようになっている。手持ちの道具だけでは、宝箱の蓋にロープを付けて引っ張るといった小細工はできそうにない。

つまり、安全が確保できないということだ。

宝箱に手を出さず帰るという決断ができず、かと言って危険を承知で開ける決心もつかずに宝箱部屋の中をウロウロしていると、どこからか声が聞こえてきたような気がした。

——身の安全は他の何よりも優先されるべきだ
じゃあ、どうしてお前は迷宮なんて危ない場所にいる？
——生きるためだ。生きていくためには金を稼ぐ必要があった
金を稼ぎたいだけなら、安全な道が他にいくらでもあるだろう
——五年前のあの時にそんなものはなかった
あの時にはなくても今はある。探索者をやりたいからやってるとしか思えないな
——なりたくてなったわけでも、続けたくて続けてるわけでもない
だったら、どうしてお前は迷宮の奥を目指し続けてるんだ？
入り口に近い場所にいる弱いモンスターを殺しても、食うに困らない程度には生きていける
だったらこの五年、死にそうな目に遭いながら少しずつ技術を磨き、稼ぎの大半を装備の充実に

つぎ込んで、迷宮のより深い場所を目指して進んできたのはなぜだ！

＊

宝箱の中に売れれば一生遊んで暮らせるような宝が入っている可能性はあるが、二束三文のガラクタが入っているだけという可能性もある。

罠が仕掛けられている可能性も、仕掛けられていない可能性もある。

罠が不発になる可能性があり、罠が発動しても被害を免れる可能性もある。即死するかもしれず、苦痛と後悔で長く苦しんだ末に死ぬかもしれない。

未来は常に不確定で、可能性だけは無限にある。

しかし、たった一つだけ解っていることがある。

「宝箱を開けないで帰ったら、一生後悔するな……」

罠を恐れて宝箱に手を出さないという選択肢は依然として残されている。もしかするとそのほうが利口かもしれない。

だが覚悟は決めた。ここまできたら小細工はせず、宝箱の正面に立って蓋に手をかける。

（さて、鬼が出るか仏が出るか……）

運を天に任せ、手に力を込めた。

第一章　迷宮都市

大陸中央部から北西部にかけての全域を支配下に収める大国、レムリナス王国。

周辺国を圧倒する国力を備えた王国において、王都に次ぐ国内第二の都市と目されているのが、ここ〝迷宮都市〟マッケイブである。

大陸規模で考えても有数の人口を擁し、経済規模では大陸随一とまで言われるこの町は、その二つ名が示すように世界四大迷宮の一つである【マッケイブ迷宮】を中心に発展してきた。

迷宮を目当てに集まった探索者と商人が母体となって自然発生的にできた町であるだけに、他では見られない変わった特徴がある。

何よりも特徴的なのはその町並みだろうか。

人口増加に対応して場当たり的な拡張が繰り返されたせいで、一部の住人から「外側の迷宮」と呼ばれるほどに複雑に入り組んだ路地が生まれ、今もなお成長を続けている。

「迷宮に入りたいんだったら、まずは外側の迷宮を攻略しなきゃな！」

これは、探索者志望のお上りさんや観光客を相手に日銭を稼ぐ案内人の殺し文句だ。

彼らは町の入り口や乗合馬車の停留所で待ち構え、迷い込めば出てこられなくなるだの、怖いお兄さんの縄張りに入ったら身ぐるみ剝がれるだの、でたらめな脅しをかけて客を集める。

案内を受けた客は話に違《たが》わぬカオスな町並みを見せられ、金額分の価値があったと満足して帰っていくわけだが、もちろん騙されている。

迷宮を見たいだけなら、大通りをそのまままっすぐ進んでいれば良かったのだ。

迷宮の入り口を起点として東西南北にまっすぐ伸びた大通りは、〝迷宮都市〟マッケイブで唯一の都市計画と呼べる部分であり、ある意味で聖域となっている。

大通りとその延長線上にはいかなる建造物の存在も許さないという方針は、長い歴史の中で幾度となく支配者と住人が変わっても絶対の掟《おきて》として保たれてきた。

だからもし自分の方向感覚に自信がなければ、常に大通りを基準にして行動するといいだろう。周囲がどれだけ変わったとしても、大通りそのものと迷宮入り口からの距離を示す標識はずっと変わらない場所にあり続けているはずだから。

そうは言っても、なにかの拍子に現在地を見失ってしまうかもしれない。

そんな時は慌てず騒がず空を見上げて、迷宮入り口のすぐ隣にある【迷宮管理局】の鐘塔を探すといい。そこに向かって進んでいれば絶対にいつかは大通りに出られる。

一番いいのは、行動範囲を大通りとその隣の道くらいまでにしておくことだ。それでも大概のものは見つけられるだろうし、値は張るかもしれないがきちんとしたものが手に入るはずだ。

そんな町の中心部からほど近く。住人たちが東大通りと呼んでいる道の裏手に魔道具店【バロウズ】はある。

店主のジョン・バロウズは御年六十二の御老人だが、未《いま》だ現役の魔道具クリエイターだ。

正確に言えば、五十を目前にした年に己の限界を悟って魔道具の開発・制作から手を引き、その後しばらくは自分の店で魔道具の鑑定と販売だけを行っていたところ、今から三年前に客としてやってきた一人の男の存在がきっかけとなって現役復帰を果たした、となる。

老店主が一人で切り盛りする魔道具店に今は客の姿がない。〈持続光〉のランプで照らされた机の上で、何事かを熱心に書き付けている店主自身の姿があるだけだ。

ふと、顔を上げて窓の外を見る。どうやら気付かないうちに日が暮れ始めていたらしく、窓から見える向かいの家の壁が赤く染まっていた。

「あ、いてててて……」

ガチガチに凝った肩を自分の手で叩いて解《ほぐ》しながら、今日の営業は終わりにしようかと考えていると、防犯装置として店の出入り口に仕掛けている〈生物感知〉の魔道具に反応があった。

「爺《じい》さん、いるか？」

遠慮の欠片《かけら》も見せず店の扉を開けたのは、この辺りでは少しだけ珍しい黒目黒髪の青年だった。

身長は男としては高くも低くもなく、今は鎧《よろい》を着けているせいで分かりづらいが、どちらかと言えば細身。迷宮から戻った足でそのままやってきたのか、黒一色に統一された装備のそこかしこに白い土汚れが付いている。

「今日はもう、店仕舞いしようかと思っとったとこだがの」

遠回しな拒否の返事を完全に聞き流した青年がずかずかと店に踏み込んでくる。迷宮で使う道具類が詰め込まれたバックパックをそっと床に下ろし、老店主と向かい合うように置かれている来客用の椅子に無断で腰掛けた。

彼が迷宮の中で過ごしていた数日分の汗と垢《あか》の匂いが漂ってくるが、鈍くなった老人の鼻にとってはさほど気になるものでもない。迷宮に入っていたわけでもないくせに、この青年の何倍もひどい匂いを漂わせている奴なんていくらでもいる。

「お前さんは相変わらず真っ黒だのう。こんなに黒いのが夜に訪ねてくると、お迎えが来たのかと思ってびっくりしちまうわ」

「よく言うぜ。死神が来たって『すみません、家を間違えました』って帰っちまうくらい、無駄に元気な爺《じじい》のくせに」

目の前の青年は老店主の顔なじみで、店の常連客であり仕事のパートナーでもある。

彼の首から無造作にぶら下がっているゴーグルは、何を隠そう老店主が発明した魔道具だ。その正式名称を〃バロウズ式〈暗視〉ゴーグル〃と言って、青年の斬新なアイディアと無理難題を老店主の知識と長年の経験によって具象化させた逸品である。

〈暗視〉はその名が示すように暗い場所でも見えるようになる魔術で、猫人族の目を参考にして開発されたものだと伝わっている。

しかし残念ながらと言うべきか、当然のごとくと言うべきか。〈暗視〉は猫人族の目に機能面でも性能面でも遠く及ばず、魔術自体もあまり使い勝手が良いものとはならなかった。

明るさの増幅率を魔術の発動時に決めなければいけないのだが、星明かりの下でも活動できるくらいに効果を強めればロウソクの火を見ただけで目が眩《くら》み、かと言って弱すぎれば意味がない。

〈暗視〉を付与したメガネ型の魔道具というアイディアは大昔から存在している。

しかし増幅率を固定せざるをえなかった関係で、薄暗い書庫で本を読むくらいしか使いみちが見《み》出《いだ》されなかった。その目的で使うにしても〈持続光〉のランプで事足りるのだから、実質的になんの役にも立たないゴミだ。

物理的なスイッチを付けて増幅率を切り替えられるようにするなど、いくつか改良を加えた作品も生み出されはしたものの、全く酔狂の域を出ていない。

だから三年前のある日、突然やってきた目の前の青年に「迷宮の中で使う〈暗視〉の魔道具が欲しい」と言われた時も、端《はな》から無理だと決めつけて詳しい話を聞きもせず追い返した。

あまりのしつこさに老店主が根負けしたのは三日目だったか、四日目だったか。

問題を解決するアイディアがあると言っていたが、しょせんは素人の浅知恵だ。聞くだけは聞いて、徹底的に問題を指摘してやれば二度と顔を見せなくなるだろう、と高を括《くく》っていた。

そして青年が書いた見慣れない形式の図形を見て、説明を聞いて、その意図を理解した瞬間――

天地がひっくり返るほどの衝撃を受けた。

既存の魔術を連結することで新たな魔術を構築するという着想。

魔術そのものを制御することに特化した魔術という独創的なアイディア。

供給する魔力量を意図的に変化させることによって出力を制御するという新方式の提案。

これまで老店主が考えたことのない、聞いたこともなかった新たな理論がそこにあった。目の前に新たな地平が広がったことに対して強い興奮を覚えると同時に、忸怩《じくじ》たる思いを抱く。

魔道具に刻まれた魔力回路が、生成・操作・指定といった要素ごとに一つのブロックとなっていることは、魔道具製作の入門書に書かれている基本中の基本である。それを知っていながら、どうして既存魔術の分割や結合という発想に至らなかったのか。

十分な魔力が供給されない場合に魔道具の出力が低下することは、日常的に魔道具を扱っているなら一般人でも知っている。なぜその特性を活《い》かさず、出力調整を行うための回路をわざわざ組み込んでいるのか。

いいや、まだ青年が提唱した理論が正しいと証明されたわけではない。完璧に成立しているように見える説が、実際に試してみたら大間違いだったなんて話はざらにある。

一通りの話を聞き終えた老店主は、数日中に必ず結論を出すと約束して青年を帰した後に店を閉め、すぐ検証に取りかかった。

結果はある意味において惨憺《さんたん》たるものである。老店主が現役を続けていた頃に同じことがあったとすれば、二度と立ち上がれなくなるほどに打ちのめされていたに違いない——なにしろ、現役時代における最後の数年を捧《ささ》げても完成の目処《めど》すら立たなかった魔道具が、たったの一晩で完成したも同然なのだから。

紙の上に魔力回路図を描いた段階で、このまま作れば思いどおりの物が出来上がるという確信がある。仮に動作しなかったとしても、それは技術的な問題であって理論的な誤りではないはずだ。

あの数年間の努力が全て徒労だったという事実を突きつけられた格好なのに、悲しみや虚脱感よりもむしろ喜びのほうが大きかった。

純粋になにかを創りたいという気持ちがこみ上げてきたのは、何十年ぶりだっただろうか。

その浮かれた気分のまま青年に協力することを決め、それから半年以上の時間を費やして完成した物が、周囲の明るさを感知して自動的に〈暗視〉の増幅率を調整する〝バロウズ式〈暗視〉ゴーグル〟である。

それ以降、なぜか青年の専属魔道具師のような立場になっているのが誤算と言えば誤算だが、そのおかげで充実した日々を過ごせていると思えばそれほど不満はない。

＊

いつの間にか恒例となっていた憎まれ口の応酬の後、老店主が思い出したかのように尋ねた。

「それで、今日はなんの用じゃい。わざわざ茶を飲みに来たってわけでもなかろう？」

「そりゃもちろん。それが目的なら若くて可愛《かわい》い子と一緒に過ごすさ。そうじゃなくて、今日は爺さんにコレの鑑定を頼みに来た」

そう言って青年がバックパックから取り出したのは〈魔力遮断〉の効果を持つ布で作られた小袋だった。ただし魔力を遮ると言っても、発動された魔術を打ち消すほどの効果があるわけではない。もし布に〈石弾〉が当たれば簡単に穴が空くし、〈火球〉なら近づけただけで燃えるだろう。

では何に使えるのかと言うと、主な用途は魔道具の梱包《こんぽう》材である。保管時に〈魔力遮断〉の布で包んでおくことで、意図しない魔道具の起動を防ぐことができる。布としては極めて高価だが、魔道具として考えれば極めて安価であるために普及率はそれなりに高い。

「そういう面倒事は、もちっと早い時間に持ってくるもんじゃぞ」

「そりゃあすまなかったな。これでも急いで来たつもりだったけど」

老店主の苦情に対して、青年は全く悪びれる様子がない。どうせ言っても無駄だろうと早々に諦め、ため息を一つ。

「いや、本当に悪いとは思ってるんだぜ？　正体不明の魔道具を抱えて寝る恐怖と天秤《てんびん》にかけて、そっちが勝ったってだけで」

「分かっとるから言い訳せんでもええわい。見てやるからよこせ」

老店主が机の上に置きっぱなしになっていた紙束を脇にどけ、机の引き出しから〈魔力遮断〉の布で作られた手袋とルーペを取り出した。

青年から受け取った布袋の口を慎重に開くと中にはコップが入っていた。コップとしてはかなりの大型で、取っ手を含めた全体が金属で作られているせいでそこそこの重量感がある。

注目すべきは、そのコップの表面に模様――つまり魔力回路が刻まれていることだ。

「ふーむ……まあ、呪われとるような感じはせんな」

「そうか。そうだとは思ったけど念のためな。爺さんのお墨付きなら安心できる」

念のために手袋をはめてからコップを取り出し、ランプの光を当てながら細部を確認する。

素人目には乱雑に掘られた模様にしか見えないかもしれないが、見る者が見れば高度な技術と理論が用いられたものであることが解る。

「ほぉう。こりゃあ迷宮から出てきたもんか」

「判るのか？」

「製作者の〈署名〉が入っとらんからな。わざと自分の作品に〈署名〉しない奴もおるから、それだけじゃ判断できんが。これだけ癖もミスも見当たらんなら人間業じゃあるまいて」

「へぇ」

数分ほどの時間をかけて観察した後で、老店主は納得したように頷《うなず》いた。

「うむ、こりゃ〈水作成〉じゃな。コップの形をしとるし間違いなかろう」

「おお！　水が出るのか……動くよな？」

「そんなもん見ただけじゃ判らん。試したいんなら、あっちに転がっとるたらいを持ってこい」

「あいよ」

勝手知ったる他人の家とばかりに店の奥へ入り込んだ青年が、すぐに小さなたらいを持ち出してきた。老店主の足元にたらいを置いて、興味深げに金属製のコップを見つめる。

「あー、コマンド・ワードはどれだったか……あったあった。そいじゃ『清浄なる水の化身よ　我に恵みを与えたまえ』っと」

魔道具を起動させるための合言葉を唱え終わると同時に、コップの表面に刻まれた魔力回路が一瞬だけわずかな光を放った。次の瞬間にはコップの底から水が湧き始め、だんだんと水嵩《みずかさ》を増していく。数秒かけてコップの八分目まで水が溜《た》まった時点で魔道具の動作は停止した。

コップの中の水は完全に透明で、鼻を近づけても特に匂いはない。

「問題なく飲めそうだな。コップの金属臭さもないし」

「そりゃそうじゃろ」

コップの水をたらいに捨ててから、老店主がもう一度コマンド・ワードを唱えて水を出す。

一度目と同じだけの量が溜まったことを確認した後で、今度は水を残したままさらにもう一度。

すると水位はさらに上昇し、やがてコップの縁からあふれ出した。

「おお、冷たっ！　やっぱり起動ごとに一定量出てくるタイプか。一回あたりの消費はだいたい一マナってところか。さすがは迷宮産と言っておくべきかの」

〝マナ〟とは魔術師ギルドおよび魔道具ギルドが定めた魔力量を表す単位で、標準的な明るさの〈持続光〉を十分間維持するために必要な魔力量を一マナとしている。

「すごいのか？」

「ああ、かなりのもんだ。まずこのサイズで〈水作成〉というのがすごい。普通ならもっとでっかい壺《つぼ》やら瓶やらで作るもんじゃからな。ある程度はでかいほうが作るのが楽だし性能も出る」

「ほう。そっちはどのくらいの性能があるんだ？」

「あー……二十年前ぐらいに見た水甕《みずがめ》は、この十倍くらいの水を出すのに確か五十マナぐらいは必要だった、かのう？」

「効率五倍か。小さいから持ち歩けるし、金属製だから落としても壊れないし。かなりレアリティ高そうなアイテムだな」

手に入れた魔道具が良いものだったと知って、青年が相好を崩す。

「それで……売るとしたらいくらぐらいになる？」

「そうさなぁ。ワシの店に並べるとしたら――こんなもんかの」

紙に書かれた数字を見た青年が、一転して渋い表情を浮かべる。

老店主が提示した〈水作成〉のコップの価格は、青年の直近一年間の収入額に匹敵する。たったの数日でそれだけ稼げたのだから、ここは小躍りして喜んでもいい場面だ。

しかし、迷宮の宝箱から出てきたお宝に付けられた値段と考えると、嬉《うれ》しさが半減してしまうのも確かである。世の中にはもっと高額な魔道具がごろごろしているし、過去に迷宮で手に入れたという触れ込みの魔道具に対し、この百倍以上の値段が付けられたこともあるからだ。

「……ゼロを一つか二つ書き忘れたってオチは？」

「ないな」

「安すぎじゃないか？」

「純粋に性能だけ見りゃ、ゼロが一つ多くてもおかしくないんじゃが……こういうもんはあんまり需要がないんでな。見た目がもちっと豪華なら、コレクターが欲しがったかもしれんが」

需要と供給を考えるのは商売の基本である。需要に対して供給が少なければそのへんの石ころにだって高値が付くし、需要が少なければどんなにきれいな宝石だって安値しか付かない。

では、ここにある〈水作成〉のコップはどうだろうか。

普通に考えれば、町の中に需要はない。

人が生きていくために水が不可欠であるということは、逆に言えば人が定住している場所では水の確保ができているということでもある。水質が飲用に適していない場合を想定しても、望まれるのは〈水作成〉ではなく〈水浄化〉の魔道具だろう。水そのものはあるのだから、そちらのほうが安価で大量の飲み水を確保できる。

町の外を行き来する人間、例えば商人相手なら多少の需要はあるかもしれない。水を運ばなくて良いなら、その分だけ多くの商品を持っていけるからだ。だが、多くの商人が旅しているのは無人の荒野ではなく人が住む領域である。あれば心強いがなくてもどうにかなる、という程度のお守りに大金は出せないだろう。

水源が皆無に近い迷宮の中であれば、かなりの需要が見込まれる。

しかし、どうしても高値は付けづらい。探索者の大半はろくに蓄えを持っておらず、買い手となることが期待できないからだ。

稼ぐそばから使い果たすような阿呆《あほう》は放っておくとして、多少の計画性と蓄えを持っている探索者にしたところで、優先されるのは武具や回復薬といった生命に直結する装備品である。

身元が不確かで、明日どころか今日の保証すらない探索者に大金を貸すお人好《ひとよ》しはいないから、借金してでも手に入れるという手段は使えない。

そもそも、迷宮の浅い場所で三、四日過ごす程度なら持ち込む水の量もたかが知れている。もう少し深い場所に潜るとしても、荷運び人《ポーター》を雇ったほうがなにかと融通がきく。

ごく一部の、迷宮の深い場所で活動する探索者なら大金を持っているが、そこまでのクラスになるとパーティ内に〈水作成〉が使える魔術師がいると考えて間違いない。だから同じ金額を出すのなら、汎用性の高い〈重量軽減〉や〈保存〉が付与されたバッグを選ぶだろう。

そういった説明を聞かされた青年は、不承不承ながらも納得したようだった。今は腕を組んで虚空を睨《にら》みつけながら、じっとなにかを考え込んでいる。

老店主はそんな青年に構わず、ゆっくりとした動作でお茶の準備を進めていた。

〈水作成〉のコップから出てきた水を、店の奥にある居住スペースから持ってきたヤカンに入れて、売り物として店頭に並べられていた〈加熱〉のコンロを使ってお湯を沸かす。

ティーポットに適量の茶葉を入れ、沸騰したお湯を注ぎ込んだ。漂う香りはいつもより鮮やかで、濃い。茶葉と道具は普段と同じものだから、この差はおそらく水の違いによるものだろう。

ポットの中でしばらく茶葉を蒸らしてから二つのティーカップにお茶を注ぎ、片方を青年の前に置いてやる。この地方では砂糖を入れるのが一般的な飲み方なのだが、老店主と青年はいつも何も入れずに飲んでいる。

老店主がお茶を口に含む。歳《とし》のせいですっかり鈍ってしまった鼻と舌でもはっきりと分かるくらいに、普段とは味が違っている。老人にとっては今くらい苦味のあるほうが好ましいが、若者にとってはどうやら違うらしい。お茶を飲んだ青年の眉間にわずかに皺《しわ》が寄っていた。

「とりあえず、爺さんの店で売るかどうかについてはしばらく考えさせてくれ」

「ああ、お前さんのもんなんだから好きにすりゃええ。さっさと決めさせて、後から文句を言われても困るからのう」

「そうするさ。あとはとりあえず、簡単なのでいいから鑑定書を書いてくれ」

「あん？　正式な鑑定書はワシじゃ書けんぞ。魔道具ギルドの鑑定士資格はとっくに切れちまってるからな。だからといってギルドに頼むと早くても一ヵ月はかかるし、料金もボッタクリじゃからオススメはせんが」

「いや、そこまでしなくていい。爺さんのちゃんとした〈署名〉が入ってれば、ギルドの鑑定書と同じくらいの信用はあるだろ」

「おだてたって何も出んぞ？」

淹《い》れてもらったお茶を飲み干した後、老店主のカップが空になるまで待ってから、青年が荷物を持って立ち上がる。

「長居しちまって悪かったな。鑑定料は？」

「そこに書いてある」

店の壁に貼られていた料金表の数字を確認した青年は、財布の中から数枚の硬貨を取り出してテーブルの上に置いた。

「多すぎるわ。穴蔵に入ってるうちに数も数えられなくなったか？」

「鑑定料と、とりあえずは三日分。足りなきゃ追加で出す」

青年が支払うと言っているのは、簡単に言えば口止め料だ。

利益となる情報を得るために金を出すのが当たり前なら、自らの不利益となりうる情報を守るために金を出すのも当たり前の発想であろう。迷宮の中でそれなりに高価な宝を得たという話が広まれば、いらぬ注目を集めることになる。青年にとってそれは好ましくない。

「ふんっ！　金なんぞいらんわ。それより、何ぞまたおかしなアイディアが閃《ひらめ》いたらすぐ教えに来い。それで手を打ってやる」

「そんなことで良いのか？　まあ、爺さんがそう言うんだったら俺としては構わんけど」

老店主がテーブルに置かれた硬貨の半分以上を押し返すと、青年のほうもそれ以上は言い返さずに金をしまった。

「今日はもう手が疲れちまったんでな。鑑定書は明日の夕方ぐらいに取りに来りゃええじゃろ」

「了解。じゃあそいつは爺さんに預けとくよ。そのかわり、できるだけ詳しく書いてくれよ」

「言われんでもそうするわい」

「じゃあまた明日来るわ。爺さんはもう歳なんだから、あんまり根を詰めすぎないようにな」

「余計なお世話じゃい！」

猫でも追い払うような手付きで帰るように促すと、青年は意地の悪い笑みを浮かべながら店を出ていった。

店内に残った老店主は手元の操作盤で全ての出入り口を〈施錠〉し、先ほどからテーブルの上に置かれたままの金属製コップに向き直る。青年に言ったように疲れているのだが、面白そうなオモチャを目の前にしては休んでなどいられない。

最近はあまり無理の利かない体になってきたが、若い頃は二日や三日ぐらいの徹夜は平気だったのだ。今だって一晩くらいならやってやれないことはないはずだ。

うきうきとした気分で研究の準備を進める主を静かに見守りながら、魔道具店【バロウズ】の夜は更けていく。

第二章　マイホーム

魔道具店【バロウズ】を辞した全身黒ずくめの青年は、店の入り口を出てからバックパックを背負い直し、迷宮の入り口から遠ざかる方に向かって歩き始める。

【バロウズ】で老店主と話をしている間に、時間帯は夕方から夜へと移っていた。

大通りにあるような〈持続光〉の街灯が一つもなく、人家の窓から漏れ出す明かりも疎《まば》らな裏路地には、目を閉じたような暗闇があるばかり。

しかし青年の足取りは、昼下がりの道を歩いているかのようにしっかりとしたものだった。

地上に人工の光がなくとも空の上には半分ほどに欠けた月があり、無数の星々がある。迷宮にある地獄のように底知れない闇と比べれば、暖かな月光に照らされた夜道は昼も同然――とまでは言わないが、平坦《へいたん》な道を歩くのに支障を来さない程度には明るい。

〈暗視〉ゴーグルを使わないまま、複雑に分岐した路地を迷うことなく進んでいく。

やがて青年は、一軒の店の前で足を止めた。

入り口の脇に掛けられた小さな看板に【花の妖精亭】と書かれているのが見える。木造二階建ての建物は多少古ぼけてはいるものの、きちんと手入れされているようだ。

それなり以上に繁盛している店らしく、開け放たれたままの入り口からは暖かな光と賑《にぎ》やかな話し声、そして美味《うま》そうな料理の匂いがあふれ出してくる。

ここが今夜の食事と寝床がある場所だ。

「ごめんください」

「いらっしゃい！　あーらアンタかいお帰り。帰ってくるのは今晩って言ってたっけね？　まあウチの部屋はだいたい空いてるからいつ来たって良いんだけどさ。今日は鳥肉の良いのが入ってるからそれにするかい？　でも体も服も汚れてるから先に部屋に行って着替えてからにしたほうが良いかね。お湯は要るだろ？」

青年の姿を目にするなり一方的にまくしたててきたのは、四十がらみの少々ふくよかな小母《おば》さんだった。

彼女の名前はエイダ。花の妖精亭のオーナー兼シェフで、この食堂兼宿屋を受け継いでから最近になるまで、ほとんどの時間を一人で店を切り盛りしてきた女傑だ。

古くからの常連客によると、その昔エイダは看板娘を務めていたらしい。肝っ玉母さんを絵に描いたような今のエイダからは想像もできないが、その頃の彼女はとても控えめな性格で、その美しい外見と相まって本物の妖精のように思われていたのだとか。

性格はともかくとして、外見ならば推測はできる。

頭の中で二十歳ほど若返らせて、体重を今の四割まで減らしてみると――驚いたことに、妖精のあだ名に違わぬ美少女が現れたではないか。若返るのは不可能にしても、もう少し痩せれば今でも男が放っておかないかもしれない。性格が今のままなら、どれだけモーションをかけても適当にあしらわれて終わるだろうが。

「それじゃ、先に二階に行くんでお湯をください。食事はその後に。エイダさんが作るものは何でも美味いから、料理は全部おまかせで」

「おやおや、嬉しいことを言ってくれるじゃないかい！　だったら腕によりをかけたのをたっぷり用意してあげようかね。お湯はすぐ沸かしてベティに持っていかせるからさ、部屋はいつものところを使っとくれよ」

「わかりました」

カウンター横にある鍵置き場から指定された部屋の鍵を取り、樽《たる》のような体型に似つかわしくない機敏な動作で料理を作るエイダを横目に見つつ、階段を上る。

二階に並んだ五部屋のうち、一番奥が青年にとっての「いつもの場所」だ。

町の住人が俗に商業地区と呼ぶエリアにある花の妖精亭は、どちらかと言えば短期滞在者向けの宿である。主なターゲットは商人や観光客で、一部の時期を除いてほとんど宿泊客がいないから好きな部屋を選べる。

客室に入ると、そこには見慣れた光景があった。

大きめのベッドと、宿泊客が自分の荷物を置くための棚、それから書き物ができる小さな机。住居として見ればさほど広くはないが、寝室として見れば十分な広さだろう。

室内はいつもと同じように掃除が行き届いている。ベッドにかかったシーツはもちろん洗濯済みで、綿入りの布団はきっと天日干ししてあるはずだ。

青年が探索者向けの宿泊所ではなく、一般人向けの花の妖精亭を定宿にしている理由はいくつもあるが、そのうちの一つはこの清潔さと気遣いにある。

貧民街《スラム》の近くにある安宿なら、今の一泊分の代金で三泊か四泊はできる。個室ではなく大部屋で我慢するならもっと安く上げられるだろう。

だが、そういった宿に清潔さなんて期待するだけ無駄だ。一度も洗濯されていない薄っぺらな布切れと、虫が湧いた干し草のベッドがお出迎えというのは珍しくもない。最悪の場合は床の上に直接敷かれた湿っぽいゴザの上が寝床だ。

安宿はセキュリティ的にも大きな問題がある。宿泊客どころか従業員も信用できないから、荷物は常に手元に置いて見張っていなければ安心できない。

迷宮探索者としては下の上くらいの稼ぎがある身からすると、そこまでの不便と嫌悪感に耐えてまで節約する必要性が全く感じられない。むしろある程度の費用をかけてでも、快適な環境で気力と体力を養うべきだろう。

そして快適な環境というのは待っていれば手に入るものではなく、作り上げ、維持しなければならない。差し当たって青年がすべきなのは己の身を清めることだ。

埃《ほこり》を立てないようにそっとバックパックを床に置き、迷宮で過ごした数日分の汚れがこびりついた鎧を手早く脱ぎ始めた。

鎧と言っても、青年が着けているのはキルト――厚手の布と布の間に綿を詰めたもの――で作ったツナギ服である。心臓の上や関節などの要所には固く鞣《なめ》した革製のパッドが縫い付けられているが、防御力の面ではあまり期待できそうにない。

迷宮ではいつ、どこから敵が出てくるか分からないため、敵と切り結ぶことを想定していない後衛でも普通は全身に革製の鎧を着ける。その常識からすれば、青年の格好は裸も同然の軽装だ。

だが、彼も伊達《だて》や酔狂で探索者をやっているわけではない。最善を尽くし、効率化を図った結果として今の状態がある。

パーティを組まず、一人で探索している状況では後衛も遊撃もない。だから必然的に前衛となるわけだが、残念なことに彼は戦士としての才能に恵まれていなかった。

迷宮に出現するモンスターとしては二番目に弱いとされる小鬼人族《ゴブリン》が相手でも、勝ちを拾える可能性があるのは同時に二匹まで。三匹を相手に正面切って戦うのは自殺と変わらない。

その代わりかどうかは分からないが、気配を隠してこそこそと行動したり、モンスターや罠を見つけたりすることに関しては人並み以上の才能があった。

それらの要素から導き出された結論が「迷宮の中では常に隠密《おんみつ》行動をとり、勝てるモンスターには奇襲をかけて反撃を許さずに仕留める」というスタイルだった。

ランタンなどの光源を持たずに〈暗視〉ゴーグルで視界を確保するのも、武器や鎧だけではなく全ての装備品を黒で統一しているのも、迷宮という光源の乏しい空間において隠密性を最大限に高めるための工夫である。

装備の改良と最適化を推し進めた結果、どんどんと奇抜なものになっていったのは予想外であり不本意でもあるが、見栄《みえ》を捨てて危険を減らせるのであれば致し方ない。

このツナギ型の布鎧も見栄えは悪いかもしれないが、かなり良いものに仕上がった。

キルトを作る布選びの段階からこだわったかいがあって、音を立てにくく、動きが妨げられず、体が締め付けられてストレスを感じることもない。迷宮の中ではあまり意味のない特徴だが、鎧にしては脱ぎ着しやすいのも長所だろう。

あっという間に鎧を脱ぎ終えてトランクス型の下着一枚になると、青年は手鏡を使って体の状態を確認し始める。

今回の探索では軽い打撃を数回当てられた程度で、長く痛みが残るような怪我はしていない。しかし人間の皮膚は意外とヤワなもので、少し擦っただけでも裂けることがある。

ただの擦り傷と侮ってはいけない。小さな傷を不潔な状態で放置したばかりに傷口が化膿《かのう》してしまい、その後も適切な治療を怠った結果として、最終的に四肢切断や感染症によって死に至った例もあるのだから。

肌の表面に異常がないことの確認を済ませ、次に防具の破損チェックでもしようかと考えたところで、扉の向こう側から物音が聞こえてきた。

トコトコという軽い足音が青年がいる部屋の前で止まり、数秒の沈黙。

「ねーっ！　お湯持ってきたけど、開けられないから開けてー」

まだ幼さの残る声は、青年がよく知っているものだった。

声の持ち主はエイダの姪《めい》であるベティで、今年で十一歳になるはずの小柄な少女だ。しばらく前から店の手伝いを始めていて、今では欠かせない戦力になっているらしい。

「今開ける」

青年が扉を開けると、そこには予想したとおりの人物が立っていた。その少女は右手にお湯が入った小ぶりなたらいを持ち、左手では男物の服一式を抱えている。

「キャアッ！　な、なんで裸で出てくるの⁉」

「ん？　ああ、悪い」

たとえ相手が子供でも、女性の前に半裸で出ていくのは褒められた行為ではない。見知らぬ御婦人に対して同じことをすれば、官憲に通報されても文句は言えないところだ。

ベティのことを年の離れた妹か姪のように思っていたせいで、うっかり忘れていた。

「でも、いまさら恥ずかしがるようなもんでもないだろ？」

「そういうことじゃないの！　もうっ！」

少しだけ顔を赤らめたベティは、抗議するかのように大きな足音を立てながら、青年の横を通り抜けて部屋に入る。

「お湯と、服！　わたしが洗ってあげたんだからね！」

たらいを机の上に、服をベッドの上に置いてから早口でまくしたて、青年の返事を待たずに部屋を出ていってしまった。

「ありがとう。助かったよベティ」

遠ざかっていく背中に向けてお礼を言っても、特に少女からの反応はない。あからさまな怒りの表明ではあるが、今の格好では追いたくても追えない。

青年は軽く肩をすくめ、先にやっておくべきことを済ませるために部屋に戻った。

たらいに入った熱めのお湯の中に手ぬぐいを浸し、固く絞ってから顔を拭う。汗と垢を拭ってさっぱりすると、なんとなく顔が軽くなったような気がしてくるから不思議なものだ。

同様に全身を拭き清めてから、ベティが持ってきてくれた服を着る。

できれば頭も洗ってしまいたかったのだが、髪を濡《ぬ》らすと乾くまでに時間がかかることと、水が飛び散って部屋を汚してしまいそうだと思ったこともあって諦めた。食事の後にまたお湯を貰《もら》って、店の裏ででも洗えばいいだろう。

ようやく人心地が付いたタイミングで、控えめに扉がノックされた。

「ベティか？　鍵なら開いてるぞ」

「……ちゃんと服、着てる？」

「ああ、大丈夫」

恐る恐るといった様子で少しだけ扉が開かれ、できた隙間からベティの顔が覗《のぞ》く。青年が服を着ていることを自分の目で確認して、それからようやく部屋に入ってきた。

腕を組んで精一杯の恐ろしげな表情を作り、可愛らしく抗議の声をあげる。

「レディの前にはだ……じゃなくて、はしたない？　格好で出てくるなんて、少しデリカシーがないんじゃ、ないじゃございませんこと？」

妙ちくりんなお嬢様口調に思わず笑いそうになってしまったが、眉間と腹に力を込めることでなんとか耐えきった。

「いや、だからごめんって」

「つーん！　それじゃ許してあげませーん。いっつも子供扱いばっかりしてさ」

青年からすると、目の前の少女は年齢的にも外面的にも内面的にもまだまだ子供の範疇《はんちゅう》にある。しかしおませな少女としては、そんな青年の態度がお気に召さないようだ。

体がどれだけ大きくなっても精神的には子供のままの男と違い、女の内面的な成熟は早いと聞いたことがある。もしかすると、ベティはもうそんな年頃になったのかもしれない。

今回の件については百パーセント青年側に非がある。これから先の数日間を花の妖精亭で過ごすことを考えれば、ベティの機嫌を損ねたままにするのは好ましくない。

せっかく彼女が謝罪の機会を与えに来てくれたのだから、ここは素直に全面降伏するのが正解だろう。迷宮で手に入れた戦利品の中にちょうどいい物がある。

「お嬢様、先ほどはお目汚しをしてしまい大変申し訳ありませんでした。せめてもの謝罪の印としてこちらをお持ちいたしましたゆえ、どうかお許しいただけないでしょうか」

少女の前に跪《ひざまず》き、芝居がかった口調で謝罪を述べながら、バックパックから取り出した一輪の花を差し出した。脳内に浮かべたイメージはお姫様に求愛する王子様だ。

「……いっつも、なにかあげれば許してもらえると思ったら大間違いなんだからね！　……でも？反省してるみたいだし、今回だけは許してあげてもいい、かなーって」

言葉とは裏腹にあっさり機嫌を直したベティは、嬉しそうな微笑《ほほえ》みを浮かべて青年の貢物を胸に抱いた。子供扱いされて怒っているのだから、機嫌を直すためには大人扱いすればいい。そんな安易な考えからの行動ではあったが、効果は覿面《てきめん》だった。勝因はおそらく、完全に羞恥心を捨てた気障《きざ》な言動だろう。

「かわいい花。とってもいい匂いがする」

少女が手にしている白くて小さな花は、この辺りで俗に安眠草と呼ばれているものだ。正式な名前も前に調べたはずだが、ど忘れしてしまった。

安眠草は主に標高が高く寒冷な地域に自生する植物で、花の香りには精神を鎮める効用がある。生の花や茎を摂取することで鎮痛作用や抗炎症作用が得られ、根を乾燥させた後に煎じたものが睡眠導入薬として用いられている。

「このお花って、どこで見つけたの？　このへんの森で生えてるのみたことないし、花屋さんにも置いてないよね」

「迷宮かな」

「へーっ！　迷宮の中にも花って生えるんだ」

「生えてると言うか、生きてると言うか……あれは生えてるのか？」

「へっ？　どういうこと？」

＊

当たり前だが、太陽の光が差し込まない迷宮で普通の花は育たない。

ではどうして迷宮から出たばかりの青年が安眠草を持っていたのかと言うと、それが迷宮内に生息するモンスターのドロップアイテムだからだ。

そのモンスターは、今少女が胸に抱いている安眠草をそのまま大きくしたような姿で、樹人《トレント》の一種であるとされる。

ただし世界各地の森に生息するトレントとは違って、最大まで成長しても地面から根を抜いて歩きまわることはなく、他の生物に襲いかかることもせず、常にゆらゆらと体を動かし続けるだけという一風変わった生態を持っている。

モンスターの『安眠草』は、どうやら迷宮にいる他のモンスターを寄せ付けなくする能力を持っているらしく、だからこの『安眠草』が生えている小部屋は探索者から安全な休憩場所として重宝されている。

悪意を持った探索者の接近はさすがに防げないので、無警戒で安眠するとはいかないが。

モンスターの『安眠草』を倒すことで、ドロップアイテムとして植物のほうの安眠草が得られる可能性があるらしいのだが、青年はそうやって手に入れたわけではない。

探索者にとって『安眠草』を傷つけることは禁忌だからだ。

もし『安眠草』に危害が加えられた場合、それまでとは逆に周囲のモンスターを呼び寄せる能力が働く。つまり、危害を加えた存在に対して大量のモンスターが殺到することになるのだ。よほどの運と実力がなければ、そこで命を散らすことになるだろう。

それで一生遊んで暮らせるだけの財宝が手に入るのであれば、無謀な賭けに挑戦する者も現れたのかもしれないが、残念ながら安眠草はそこまでの高値が付く薬草ではない。

では、青年はどうやって手に入れたのか。

あまり知られていない情報だが、実は『安眠草』は黒砂糖に目がない。黒砂糖の欠片を渡してやると、花と葉を振って歓喜の舞らしきものを舞った後で少しずつ黒砂糖を吸収し始める。その後、運が良ければお礼として安眠草をプレゼントしてくれるのだ。

青年がそれを知ったのは、偶然に偶然が重なった結果だった。

最近は孤独に耐性が付いたおかげでそういうことはなくなったが、ソロ探索者として活動を始めたばかりの頃は迷宮の中で不意に強烈な不安感に襲われたり、無力感に苛《さいな》まれたりすることがあった。そんな状態でまともに探索ができるはずもないため、精神状態が回復するまでなるべく安全な場所で休憩をするハメになる。

そんな時に心を癒やしてくれたのが、モンスターの『安眠草』だったのだ。

以前は、音に反応して動く花のおもちゃの何が面白いのかさっぱり理解できなかったが、疲れた時に無心になって眺めていると案外悪くないように思えてくる。

万が一にも傷つけないために『安眠草』とは一定の距離を取るべきであるとされているが、その時は気まぐれに『安眠草』の側に座って食事を摂《と》っていた。食後の口直しとして黒砂糖を舐《な》めようとした時にうっかり手を滑らせて欠片を落としてしまい、コロコロと転がった欠片は『安眠草』の直前で止まった。

拾うのが面倒になってそのままにしていると、自分へのプレゼントと勘違いしたのか『安眠草』が食べてしまったのだ。

喜びの舞を踊る姿がなんとなく可愛らしく見え、次々に黒砂糖の欠片を渡していると唐突に小さな花を差し出された。断るのも悪い気がして持ち帰ってみれば――というわけだ。

他のものはどうなのかと思って干し肉や堅パンを渡してみても反応はなく、甘い物なら何でも受け付けるだろうとクッキーや飴《あめ》を渡してもそこまで喜ばない。理由は分からないが、シンプルな黒砂糖が一番好きらしい。

そんな実験を繰り返しているうちに、青年の姿を見かけると『安眠草』が黒砂糖をねだって踊るようになってしまい、どうしても無視できずにせっせと黒砂糖を貢いではたまに安眠草を持って帰る、というサイクルが出来上がっている。

＊

ベティが喜んでいる様子と『安眠草』の喜びの舞が不意に重なったことで、迷宮の中でもこの少女の存在が癒やしになっていたことに気付かされる。急に愛《いと》おしさがこみ上げてきて頭を撫《な》でると、不思議そうな顔をしながらも受け入れてくれた。くすぐったそうに笑う少女を見てまだまだ内面も子供だと思ったが、もちろんおくびにも出さない。

「まあ細かいことは気にしなくていい。根っこが付いたままだから、水をやればまだしばらく持つだろうし、萎《しお》れても薬になるから捨てないようにな」

「ゼッタイ捨てるわけないじゃん！　ありがとっ、ケーニチロー！」

満面の笑みでお礼を言ったベティだったが、すぐに怪訝《けげん》そうな顔になって小首を傾《かし》げる。

「あれっ？　ケニチローだっけ？　ケーイチロウ、ケンチロウ……？」

「ケンイチロウ、だよ」

「そうそう、ケ、ン、イ、チ、ロ、ウ。ケンイチロー。ケンイチロってずっと東にあるおっきな島から来たんでしょ？　そこに住んでる人の名前って、皆そんな感じなの？」

どうしてベティがそんなことを知っているのかと疑問に思ったが、前にベティから出身地を問われた時に、口から出まかせを言った記憶が蘇《よみがえ》った。

「発音しにくいならいつもどおりケンで良いぞ。んー、まあ、東の方にある島国と言うか、俺が生まれた場所ではそんな感じかなあ」

「ね、東にある国ってどんなとこ?」

「一言で説明するのは難しいな。一言じゃなくても難しい」

青年――ケンイチロウと縁もゆかりもない場所を語るのは、難しいどころか不可能である。

彼が知っているような文化かどうかも怪しいし、そもそも島国があるのかさえ定かではない。歴史上における西欧からの扱われ方や、創作で見た設定を真似《まね》ただけだ。

「わたし、ケンが生まれた国に行ってみたいなー」

「どうして?」

「どんなとこか見てみたい。ケンのお父さんとお母さんにも会ってみたいし」

「んー……会うのは無理かなぁ」

「……死んじゃったの?」

「いや、たぶん生きてる、のかな。少なくとも俺がこっちに来た瞬間は生きてたよ」

両親ともに平均寿命に達するまではまだまだ余裕があった。命に関わるような持病はなかったから、事故に遭ったのでもなければ五年経った今でも存命中のはずである。

問題は、故郷を離れてから五年しか経過していないという保証がどこにもないことだ。

「じゃあ、一回ぐらい帰ったほうがいいよね。その時はわたしも連れてってね！　約束だよ？」

「機会があったらな」

その機会はおそらく永久に来ないだろう。来てほしいかどうかは自分でも判らない。

「そろそろエイダさんの料理ができた頃かな。下に行こうか」

「うん」

このまま話を続けているとまずい方向に転がりかねない、と判断して話を打ち切った。嘘を重ね続けているといずれはごまかしきれなくなる。

すでに手遅れかもしれないが、恩義あるエイダとベティに対してはなるべく誠実でありたい。

「あっ、わたしが持ってくから良いよ。ケンは持ってかなくて」

中身がきれいなお湯から汚い水に変わってしまったたらいを青年が持ち上げると、ベティが慌てて止めようとする。

「いまさら遠慮するような仲でもないだろ。それに、レディが男と一緒に歩くんだから他にしなきゃいけないことがあるんじゃないか？」

そう言って青年が左手の肘を差し出すと、少女が恥ずかしがりながらも腕を絡めてくる。身長差のせいで腕を組むというよりも、両手でぶら下がっているといったほうが近い。

「え、えへへ……」

狭い廊下を並んで歩き、階段を降りると忙しそうに働くエイダの姿が見えた。

「おや、ちょうどいいタイミングで下りてきたね！　もうできるから手を洗ってきな。ああ、それはそこに置いといてくれりゃあとはこっちでやっとくよ。ベティ！　いつまでも遊んでないでさっさと料理を運んどくれ。わかってると思うけどその前にはちゃんと手を洗うんだよ」

「はーいっ！」

エイダからの叱責を受け、名残惜しそうに離れていくベティに続いて手洗い所に向かう。

これからいろいろとやらなければならないこと、考えなくてはいけないことがあるが、今は久々に食べる美味い食事を堪能《たんのう》することとしよう。

第三章　こんにちは、世界

黒ずくめの迷宮探索者ケンイチロウこと、鈴木健一郎は異世界人である。

まあ異世界人というのは半分嘘で半分冗談だが、ケンイチロウが「この世界」での記憶を五年分しか持っていないのは本当のことだ。それ以前の記憶は、ここではないどこかの別の世界で、今とは別の人生を歩んでいた時のもので埋め尽くされている。

このことを誰かに話したことは今までに一度もない。どうせ信じてはもらえないだろうし、仮に信じてもらえたところでなにかが変わるとは思えなかったからだ。

迂闊《うかつ》なことを喋《しゃべ》って、変人や狂人として排斥されるのが恐ろしかったというのもある。

夕食の後に花の妖精亭の一室で寛《くつろ》いでいた彼は、ふと、こちらの世界にやってきた当時のことを思い出していた。

*

五年前のその日まで、鈴木健一郎は日本の首都圏に拠点を置く中小ソフトハウスでプログラマとして働いていた。

業界のピラミッド最底辺で、上からさんざん踏みつけられる境遇だ。

振られてくる仕事は良くて孫請けで、大半が曾孫請け。多重派遣、偽装請負、サービス残業、徹夜、三十連勤、パワハラセクハラアルハラなんでもござれ。おそらく、守られている労働法なんて一つもなかったのではないだろうか。

当然のごとく単価は安く、納期は厳しいというよりも不可能で、仕様はいつになっても確定しない上にメールで質問を投げても回答は来ない。

ただし、飲み会のお誘いメールに対する返事は即座に来る。

それが必然であるかのように開発プロジェクトは火を吹き、やがて炎上を始め、さらに油が注がれまくった結果として死の行軍《デス・マーチ》が始まる。

「『死の行軍～デス・マーチ～』って書くと戦争映画のタイトルっぽい。第二次世界大戦の」

これは、三日間徹夜が続いたある日の休憩時間に同僚の誰かがぽつりと放った言葉だ。皮肉としてはなかなかに秀逸だが、冗談としては全く笑えない。比喩としてならそこそこだ。

ただし本物の戦争には勝者と敗者がいるが、デス・マーチに勝者はいない。火種を作った奴も、やらせた奴も、やらされた奴も、関わってしまった人間は等しく敗者だ。

いい生活だったかと聞かれれば、悩むまでもなく即座にノーと答える。しかし、なぜか充足感だけはあった。仕事がきつい上に給料が安くても辞めずにいたのは、やはりやりがいを感じてもいたからなのだろう。

単に思い出が美化されているだけかもしれないが。

それはそれとして、あの日に何が起こったのかについて語るとしよう。

前の世界における最後の記憶。その開始点はプロジェクト打ち上げの飲み会である。

どうにかこうにか一つのプロジェクトを歩き終え、無事に顧客への納品と検収を済ませたのは金曜日の午後だった。数ヵ月ぶりの定時退社を果たした健一郎は、同じ戦場から生還した戦友たち十数人と共に居酒屋に繰り出して何度も祝杯を挙げた。

週明けの月曜日から次の戦場に赴くことは前々から決定していたが、この喜びを損なうものではなかった。なにせ、土日のたった二日間とはいえ完全な休日が約束されているのだ。

明日は寝坊を心配する必要もないと思えば際限なく進み、酒好きの同僚と共に何件も梯子酒《はしござけ》を重ねていき、気付いた時には始発電車が出発する時刻となっていた。

終わりにするタイミングを逃して延々と続いてしまった飲み会も、お天道さまが顔を出す頃ともなればお開きにせざるをえない。

四軒目か五軒目の時点から唯一の道連れとなっていた同僚と別れ、最寄り駅へと向かった。

土曜日の早朝と言ってもいい時間帯を走る電車に、あまり乗客の姿はない。

手近な空席の一つに健一郎が倒れ込むと、向かい側の席で本を読んでいた若い女性があからさまに顔をしかめ、隣の車両に移っていった。もしかすると、スカートの中を覗いていると誤解されたのかもしれない。

酒と眠気でぼんやりとした目で車内を眺める。

友人同士でどこかへ遊びに行くのだろうか。中学生くらいの集団が周囲に配慮してなのか控えめに、しかしとても楽しそうにはしゃいでいた。

シルバーシートには仲睦《むつ》まじい老夫婦が寄り添うように座っている。頭上の網棚に旅行かばんが置かれているのを見るに、たぶん旅行へ行くのだろう。

あの頃は良かった、仕事なんて全部放り出して旅行に行ってしまおうかと考えるが、どうせ実行に移せないことは分かりきっている。仕事をサボって旅行に行く度胸があれば、ブラック企業なんてとっくの昔に辞めて今は別の会社で働いていただろう。

モヤモヤとした気分を抱えたまま自宅のアパートに帰り、シャワーも浴びず、着替えもしないままベッドの上に倒れ込んだ。

夢のように楽しい時間もいつか終わりが来る。夢が終わった後に待っているのは現実だ。

(起きたら絶対二日酔いだよな、コレ)

目覚めた後に襲ってくるであろう現実に対して軽い絶望感を抱きつつ、目を閉じた。健一郎の意識はぷつりと途絶え――

――意識を取り戻した瞬間、健一郎は迷宮の前に立っていた。

＊

ただし、それが迷宮と呼ばれる存在であると知ったのはもう少し先のことなので、当時の認識では単なる「でかい洞窟」でしかなかったのだが。

それでも、目の前の洞窟が尋常ならざるものであることは直感的に理解できていた。

洞窟の入り口は直径三メートルほどで、壁や天井はゴツゴツとした岩肌が露出している。床部分は長年に亘《わた》って人が行き来することで削られたのか、比較的平らになっていた。

まっすぐに伸びた洞窟の中には何一つ光源が置かれておらず、外から見えるのは太陽の光が届く十数メートル先までだ。

その先にはぽっかりと口を開けた闇があるばかり。

洞窟がある正面以外に視線を向けると、最初に見えたのは木製の柵だった。高さは二メートル程度で、洞窟の周囲をぐるりと囲むように建てられている。ただし一ヵ所だけ柵が途切れている部分があり、そこには両開きの扉が設置されているのが見える。

柵の向こう側、出入り口の近くには三人の男がいた。

そのうちの一人、受付のように置かれた長机の前に座っている男については、顔の造作が欧米人のように見えることと服装が妙に古臭いということを除けば、特に目立つところはない。

しかし、柵の切れ目の両脇を守るように立っている武装した二人については、全く理解が追いつかなかった。

彼らが警備員というのであれば、武装していること自体はそこまでおかしいとは思わない。日本国内でも重要施設の警備員はボディアーマーを着ていることがあるし、国によっては自動小銃で武装した軍人が空港を警備していることがある。

しかし、いくらなんでも長さ二メートル以上ある槍《やり》と革製の鎧で武装した警備員がいるなんて話は、生まれてこの方聞いたことがない。

（外国には中世時代の鎧と剣を再現して、しかもそれを使って模擬戦するマニアがいるって聞いたことがあるけど、そんなカンジの人たちかな？）

海外のマニアってたまにすごい人がいるよな、なんて感想を抱いた後になってようやく、健一郎は自分自身がそれと似たり寄ったりの格好をしていたことに気付いた。

ロング・ソードを腰に佩《は》き、左手にカイト・シールドを持ち、プレート・メイルで全身を固めたその姿は、中世時代の戦場から迷い込んだ騎士のようだ。右手に握られているのが剣の柄ではなくランタンの取っ手というのが締まらないが、洞窟の暗さを考えれば仕方のないことだろう。

「あっ、夢だわこれ」

これが夢だとすれば、気付いた瞬間に見知らぬ場所にいたことも、自分がファンタジーゲームの登場人物のような格好をしていることも、二日酔いの頭痛がないことにも一瞬で説明がつく。

後から思い返してみると、どうしてそんな考えに至ったのかさっぱり解らないが、とにかく当時の健一郎はそう結論づけた。

状況から考えれば、ダンジョン探索系のゲームがモチーフに違いない。ここ最近は仕事が忙しすぎて全くプレイできていなかったが、学生時代にはかなりやり込んだジャンルである。

そうと判れば怖いものは何もない。

正直に告白すると、つい先ほどまでは洞窟の奥にある暗闇を見て少しだけ、本当にほんの少しだけ怖気《おじけ》づいていた。しかし、今はむしろ興奮で全身が震えている。なにしろ、夢の中とはいえ密《ひそ》かに憧れていた「中世風異世界ファンタジー」の世界に来ることができたのだ。

謎の高揚感に身を任せた健一郎は、意気揚々と洞窟の中に足を踏み入れ――わずか数分後、早くも後悔し始めていた。

「何だよもう……暗くてろくに見えないし、ザコ敵の一匹も出てこないし……」

武器を扱うことを考慮して左手に持ち替えたランタンが放つ光は、思っていたよりもずっと頼りない。暗闇に慣れた目でも、何があるかが判るのはせいぜい数メートルの距離までで、それより先はほとんど何も見えていない。

洞窟の構造にしても、ほぼ直線なのは入り口から数十メートルの地点までだった。その先はくねくねと道が曲がっているせいで、ただでさえ悪い視界がさらに狭められている。

彼は自覚していなかったのだが、緊張と暗闇と孤独によって精神が少しずつ削られていた。独り言が止まらないのはそのせいだ。

もう少し進んだところで、初めての分かれ道に出くわした。

「こういう時は右手法だな！　……左手法だっけ？　まあどっちでも同じか」

適当に右側にある道を選んで進む。全く代わり映えのしない光景にうんざりしてきた。

「なんかもう疲れたな……とりあえずザコ一匹狩ったら今日は戻るか。今日はダンジョンがどんなところか確認しに来ただけだし、食料とかぜんぜん持ってないし、マッピング用の筆記用具も持ってないし。そうだな、そうしよう！　残念だなー、残念だけどチュートリアルでちゃんとアイテム準備されてないからしょうがないわー」

すぐに戻って入り口にいる人たちに馬鹿にされるのは嫌だったが、戻らなくてはいけない理由があるのだから仕方がない。理論武装という名の自己欺瞞《ぎまん》が成立した瞬間である。

軽い足取りを取り戻した健一郎は全く気付いていなかったが、彼はすでに洞窟コウモリの群生地に足を踏み入れていた。当時の健一郎が、暗い洞窟の天井からぶら下がるコウモリに気付けるはずもなく、戦闘は必然的に敵の先制攻撃から始まることになる。

「うおおっ！」

背中にボールをぶつけられた時のような衝撃と同時に、肉と金属がぶつかる鈍い音。

プレート・メイルを着けていたおかげでまだかすり傷一つ負っていないが、驚いた拍子に左手のランタンを手放してしまった。地面に落ちたランタンからガラスが割れる甲高い音が響き、無慈悲にも火が消える。そして周囲は完全な闇に包まれた。

「何⁉　何だこれ！　何だこれ！　何だこれ！」

何者かから襲われているという事実と、空中を飛び回る謎の音にパニックを起こし、奇跡的に鞘《さや》から抜くことができたロング・ソードを滅茶苦茶《めちゃくちゃ》に振り回した。

不幸な洞窟コウモリの一匹がまぐれ当たりを食らって命を落とす。それに恐れをなしたのか、それとも物理的に歯が立たないと判断したのか、他の洞窟コウモリは迷宮の奥へと飛び去った。

「落ち着け、落ち着け、おちつけおちつけオチツケおちつけ――」

夢なら早く覚めてくれるように願いながら、必死で自分を落ち着かせる。こうなっては冒険を続けるどころではない。即刻入り口に戻るべきだ。

暗すぎて何も見えてはいないが、幅が三メートルくらいしかない通路だから壁の場所は判る。右手側の壁沿いに進んできたから、入り口の方を向いて左手側の壁に沿って進めば元いた場所に戻れる。それについては絶対に間違いない。

問題は自分が今、どちらの方向を向いているのか判らないことだ。

「大丈夫、もし外してもまだなんとかなる……」

二分の一の選択を外せば一巻の終わりだが、必死に大丈夫だと言い聞かせた。自分を騙していなければもう一歩も動けなくなってしまう。もしそうなれば、待っているのは緩慢な死だ。

覚悟を決め、壁に左手を当てて闇の中を進み始める。彼としては精一杯急いでいるつもりだったが、傍《はた》から見れば赤ん坊が這《は》うよりも遅い速度だった。

間違った方向に進んでいるのかもしれないという恐怖に耐え、引き返したくなる衝動と戦い、ついに入り口から差し込む太陽の光を見た時の喜びは筆舌に尽くしがたい。

迷宮から出て、のんびりと雑談をしている受付と警備の男たちを見た瞬間に、精神的、肉体的な疲労のせいでへたり込んでしまい、しばらくは立ち上がれなかった。

健一郎が生きて戻れたのは、ただただ幸運に恵まれていただけだ。

全く迷宮向きではないが、顔以外を全て覆うプレート・メイルを装備していたおかげで怪我をせずに済んだ。もし革の鎧なら怪我をして動けなくなっていたかもしれない。

出遭ったモンスターが、迷宮最弱の洞窟コウモリだったことにも助けられた。人型で武器を持っている小鬼人族《ゴブリン》や、必ず群れている上に連携をとって襲いかかってくる洞窟オオカミが相手なら、おそらくなぶり殺しにされていただろう。

剣を使った戦い方を知らないどころか、まともな剣の握り方すら知らない健一郎ではどう足掻《あが》いても勝てるはずがない。

迷宮への初挑戦があっさりと失敗に終わったことで痛感したのは、あらゆる物事に対する知識不足だった。

〝彼を知り己を知れば百戦殆《あやう》からず。彼を知らずして己を知れば、一勝一負す。彼を知らず己を知らざれば、戦う毎《ごと》に必ず殆し〟

有名な格言である。つまり敵である迷宮を知らず、自身の実力すら把握できていない今の健一郎は負けて当然ということになる。

ゲームを起動する前に説明書を全て読み、チュートリアルがあれば必ず受け、場合によっては攻略サイトのＦＡＱを見てから本番に臨むことを常としている彼からすれば、信じられないほどの無計画さだ。異世界という響きによほど我を忘れていたらしい。

漏れ聞こえる警備員の雑談内容は理解できているし、看板に書かれた見慣れない文字もなぜか意味が解る。どういう理屈かは不明だが、現地人とのコミュニケーションは可能なようだ。

情報収集は必須、となれば次の行動は決まっている。

「そうだギルド、行こう」

冒険者ギルドに登録して、謎の超技術で作成された無駄にハイテクなギルドカードを貰い、初心者講習を受け、ついでに才能に驚かれて、あわよくば仲間を見つけ、その後はコツコツとギルドランクを上げていく。

これこそが冒険モノの王道だろう。

不安と期待で胸を膨らませ、健一郎は迷宮のすぐ隣にある立派な建物へと向かった。

＊

夢と希望はあっさり打ち砕かれた。

とりあえず、窓口にいたのが美人のお姉さんではなく、屈強そうなおっさんだったことについては脇に置いておこう。こちらの質問に対してちゃんと答えてくれたのだから、感謝こそすれ文句を言う筋合いはない。

迷宮入り口の隣にある建物は、健一郎が思っていたような冒険者の同業団体《ギルド》が営業しているものではなく、迷宮管理局という国家機関の出張所だった。

迷宮管理局の職務を一言で表すなら「迷宮入り口周辺地域の管理」である。

具体的には「迷宮に入る生物からの徴税」と「迷宮内から持ち帰られた物品の検査および買い取り」が主な業務となっている。つまり、興味を持っているのは迷宮を出入りする人と物であって、迷宮内部で発生した事象についてはー切関知しないということだ。

入場税を支払う限りにおいて、相手が何者であろうと迷宮管理局が干渉することはない。老若男女を問わず、身分を問わず、たとえ人外の生物だろうと迷宮に入ることを許している。

そして迷宮の中では死のうが生きようが、完全な自己責任として放っておかれる。

逆に言えば、迷宮から一歩でも外に出た瞬間に一定の義務と制限が課される。

最も重視されているのは、モンスターを倒すことによって得られる魔石の取り扱いだ。魔石は国家の戦略物資として扱われているため、探索中に得られた魔石は全て届け出る必要があり、そのうち半数以上を迷宮管理局に売却すべしと法で定められている。

ごまかそうと思えばいくらでも手段はあるが、万が一にも不正が発覚すれば財産没収の上に罰金刑が科される。罰金が払えなければ牢獄《ろうごく》で臭い飯を食うハメになる。

国が魔石の価格が安定するように市中への供給量を調整しているため、特別な伝手《つて》を持ってでもいない限りは大儲《おおもう》けするのは難しい。だから無駄なリスクを取るなという忠告を受けた。

迷宮管理局というお役所の受付を務めている強面《こわもて》のおっさんは意外なほどに親身で、健一郎が何も知らないのを見て探索者に関する知識を授けてもくれた。

ちなみに、この町では迷宮の外でモンスター退治を含む便利屋として活動する人を「冒険者」と呼び、迷宮内で活動する人を「探索者」と呼ぶらしい。

先ほど健一郎が入っていた迷宮は、世界四大迷宮の一つとして知られるマッケイブ迷宮で、このマッケイブの町には一攫千金を夢見る輩《やから》が大陸中から集まってくるようだ。

毎日数人から十数人ほどが新たに探索者となり、そのうちの三割から四割は一ヵ月以内に姿を消すと言われている。新人探索者が姿を消す理由は多種多様だが、最も多いのはやはりモンスターに殺されたというものだろう。

これほど人の入れ替わりが激しくては全員を管理するのは難しいだろうし、探索者を管理したところで大したメリットはない。探索者はまともな職を得られない人間が最後に行き着く場所でもあるため、管理することで逆に不都合が生じるということを言外に匂わされた。

ところで、迷宮管理局は健一郎が思い描いたような「ギルド」ではなかったが、探索者ギルドもそれはそれで別に存在している。

世界規模あるいは国家規模の統一組織ではなく、それどころか町単位の公的機関ですらない私的な集団で、一つの探索者ギルドにつき数人から数十人の探索者が所属している。

有名どころだけで十を超える探索者ギルドがあると聞いた健一郎は、ギルドというよりもチームやクラブに近いのではないかと思っていたが、迷宮探索者という個人事業主が所属する集団と考えればギルドで間違いない。

受付のおっさんによれば、一人で迷宮に潜り続ける探索者は皆無に近いらしい。初心者ならまず入れてくれるパーティやギルドを探すべきであると、強く推奨された。

「いろいろと、ご親切にありがとうございました」

「聞かれたことに答えるぐらいはしてやるさ。お前みたいに礼儀正しい奴は珍しいしな。それで、これからどうするんだ？」

「とりあえず、教えてもらったギルドに当たってみようかと思ってます」

「それは……まあ、何事も経験か。手出しはしねえが話ぐらい聞いてやるから頑張ってこい」

なにか言いたげな表情をしているのには気付いていたが、健一郎はあまり気に留めなかった。改めてお礼を言ってから、胸を期待で膨らませつつ迷宮管理局を後にした。

その足で教えてもらったギルドの拠点を訪れて、全て門前払いの憂き目にあった。

これは後になって知ったことだが、健一郎が訪れた有名ギルドは全てが迷宮中層以降を主戦場としている、オンラインゲーム風に表現すれば「攻略ギルド」であり、ド素人が加入するのは不可能に近かったようだ。

そうとは知らない健一郎は突撃と玉砕を繰り返し、道端で項垂《うなだ》れていた時に一人の男から声をかけられた。話を聞いてみると、その男はここ最近設立された小規模ギルドのリーダーで、現在はメンバーを絶賛募集中とのことだった。

「今のウチなら誰でもウエルカムだぜ？　今まで一回も迷宮に入ったことがなくったって、やる気さえあれば何も問題なし！」

失敗の連続だった健一郎にとっては、この上なく甘美な誘いである。

「すぐに決めなくても、まずは話を聞くだけでも良いぞ。おっ、もう少ししたら晩メシ時間だな。おごってやるから来いよ。あ？　このくらいで恩に着せたりしねえよ！」

そこまで言われたら、断るほうが却《かえ》って失礼だろう。

男に連れて行かれたのは酒場兼食堂兼宿屋といった感じの雑然とした店だった。夕食時というにはいささか早すぎる時間帯のせいか、客の数は少ない。

適当に飲み食いしながら話を聞かせてもらう。出てきた料理はあまり美味いものではなかったが、タダ飯の上にいろいろと教えてもらっている立場では文句は言えない。

だが、料理はともかくとして男の話は上手かった。語り口は軽妙で機知に富んでおり、話す内容は含蓄深く教訓に満ちていた。

主に自分や知人の失敗談で、かなり誇張と脚色が入っていたように思える。しかし主題は明確で分かりやすく、迷宮の中では何をすべきで何をすべきではないかを考えさせてくれる。

楽しい時間だった。

話を聞いているうちにどんどんと酒が進み、この店で出されている料理が酒と一緒になることで完成するものだと気付いてからは、さらにペースが上がっていく。

「ぜひ、ギルドに入れてください！」

「おうよ！　歓迎するぜ！」

そこからは、入団祝いと称してさらに飲み続けた。周囲の客を巻き込んだ酒宴はかなり長い時間続けられ、お開きになった時にはもう少しで深夜と呼ばれるであろう時間になっていた。

「あーあー、こんなに酔っ払っちまって……もう歩けないだろうから今日はこの店の二階に泊まってけよ。さっき聞いたら空きがあるみたいだからよ」

「あい……そうしまふ」

肩を貸してもらって二階へ上がり、狭苦しい部屋に入る。鎧をなんとか脱がせてもらってから、干し草の上にシーツを被《かぶ》せただけという貧乏くさいベッドの上に倒れ込んだ。

(明日は二日酔いだよな……)

強い既視感を覚えつつ、健一郎の意識は闇に沈んでいった。

*

覚醒と同時に激しい頭痛と吐き気に襲われ、思わず体を丸める。

痛飲した日の翌朝には毎回そうしているように、二度と酒は飲まないことを知っている限りの神に誓い、だから苦痛が早く消えるようにと願う。

波状攻撃の第一波をどうにかこうにか乗り切り、重いまぶたをこじ開けた瞬間、二日酔いの症状は丸ごとどこかに吹き飛んでいった。

ただし、神への願いが聞き届けられたわけではない。精神的な衝撃を受けて、少々の体調不良など気にしている余裕がなくなっただけだ。

「どこだここ……」

健一郎が目覚めたのは見知らぬ場所だった。少なくとも自分が住んでいるアパートではない。

時間の経過とともに少しずつ前日の記憶が蘇り始める。ゲームのような世界で過ごした一日の記憶。普通に考えれば全くありえない経験だった。

「夢の続き？　いや、まさか夢じゃないってことはないよな……」

見知らぬ部屋で目覚めた理由は思い出せたが、見知らぬ世界に来てしまった理由がさっぱり分からない。そもそも理由があるかどうかさえ定かではない。

しかし昨日はよくもまあ、この異常事態の最中に何事もなかったかのように行動していられたものだ。我ながら感心してしまう。夢だと思い込んでいたから積極的になれたのかもしれないが、本当のところは現実逃避の一種だったのかもしれない。

ゲームや漫画に出てくるようなファンタジー世界に憧れたことはあるし、もしも自分が主人公と同じ状況に置かれたらどう行動しようか、なんて妄想したこともある。しかしそれは、完全なる他人事《ひとごと》だから娯楽として楽しめていたのであって、実際に起こってみると嬉しさよりも不安のほうが何倍も大きかった。

「戻れるのかこれ……？」

元の世界に戻れるものなら戻りたい。しかし戻り方は分からない。

夢の世界で眠ることで現実世界で目を覚ます、という定番の方法はすでに失敗に終わった。他にいくつかの方法が思い浮かんだが、すぐに試せるのは「夢の中で死んだら目が覚める」というものだけだった。

だが、その方法は試したくはないし恐ろしくて試せない。夢の中で死ねば現実でも死んでしまうのかもしれないし、そもそもここが夢の世界だと確定しているわけではないからだ。

こうなったら、もう二度と前の世界には戻れないと考えて行動すべきかもしれない。たとえここが夢の世界だとしても、精一杯生きようとする努力は無駄にならないはずだ。

だからひとまず、元々そうしようと考えていたように探索者になって生活費を稼ぐべきだろう。幸いなことに、昨日のうちに頼りになりそうな仲間も見つけられたのだから。

探索者をやりながら、いろいろな伝手をたどって元の世界へ帰る方法を探せばいい。案外こちらの世界が気に入って、戻る方法が見つかっても戻りたくなくなっているかもしれない。

「よしっ！　やるぞー」

今後の方針を固めたことで、それなりに落ち着きを取り戻すことができた。

昨晩は酔っていたせいで、先ほどまでは混乱していたせいで全く見ていなかった部屋の中を、いまさらながら確認してみることにする。

部屋の広さは、前の世界で泊まったビジネスホテルに比べて半分以下だろうか。室内には見すぼらしいベッドと空っぽの棚があるだけで、電話やテレビや電気ポットといった家電やアメニティグッズは何一つ用意されていない。

家電がないのは技術レベルから考えれば当然で、アメニティに関しては我慢するにしても、部屋が汚れていることに関しては改善を要求したい。せめて、シミがついてないシーツぐらい望んでもバチは当たるまい。

自分のアパートではないから当然だが、私物は何一つ置かれていない。室内にある健一郎の所有物は、今着ている綿入りの鎧下くらいだ。

「……あれ?」

昨日、いろいろと世話を焼いてくれた男は今どこにいるのだろうか。

あれだけ長い間話していて、食事どころか酒までおごってもらったというのに、相手の名前すら聞いていなかった。すぐ会って、失礼な態度を取ったことについて謝罪しなければいけない。

店の一階へ行き、店員に対して恩人の行方と自分の荷物の場所について尋ねたが、どちらも知らないという無情な答えが返ってきた。

前の晩に勤務していた店員に確認してみても、判明したのは健一郎を二階の部屋に連れて行った後、大荷物を抱えて店から出ていったという事実だけだった。

半狂乱になりながら荷物がなくなったと訴えても、店員は迷惑そうな顔をするばかり。

「どうすんだよこれから……どうすりゃいいんだよ！　おいっ！」

「ハッハー！　やられちまったねぇ、兄ちゃん」

前夜から飲み続けていたと思《おぼ》しき赤ら顔の中年にからかわれ、八つ当たりと自覚しつつも堪えきれず殴りかかり、あっさりと返り討ちにあって文字どおり店から叩き出された。

＊

結果から言うと、盗まれた荷物は取り戻せなかった。

五年後の今であれば取り戻す方法はいろいろと思いつくし、そもそも騙されることはないかもしれないが、日本での生活で平和ボケが極まっていた健一郎にできることなんてたかが知れている。

当時の健一郎はまず、こちらの世界の警察署にあたる警備隊詰所へ行き、事情を話して犯人を捕まえてくれるように訴えた。しかし、返ってきたのは隠すつもりが微塵《みじん》も感じられない嘲笑と、破れかけのオブラートに包まれた「騙されたお前が悪い」という主旨の言葉だけだった。

当時は彼らの怠慢さに憤慨したものだが、騙されやすい人間が騙されたというだけで動いてくれる日本の警察の熱心さのほうが異常なのだと、今では知っている。

その後は怒りに身を任せて町中を走り回り、自分の手で犯人を捕まえようとしたが、もちろんその程度で見つけられるはずもない。

生活費を稼ぐ手段が見つけられず、かと言って盗みを働くこともできず行き倒れかけていたところを幼い頃のベティに目撃され、エイダに命を救われた。

彼女たちの存在がなければ、今のケンイチロウは存在していなかっただろう。

おそらく野垂れ死にしていただろうし、仮に生きていたとしても真っ当な生き方ではなかったに違いない。迷宮探索者という職業が真っ当かどうかについては、諸説あるかもしれないが。

エイダたちからは多大な恩を受けているのに、五年経って生活が安定した今になってもまだ、利子分すら返せていない。

これから先の一生をかけても返しきれるとは思えなかったが、それなら一生返し続ければ良いだけだと心に決めている。

第四章　将来設計

ケンは悩んでいた。

迷宮から戻ってきた日の翌朝、定宿にしている花の妖精亭の一室で目を覚ました彼は、身支度を済ませてから一階の食堂で朝食を摂り、今は部屋に戻って装備品の手入れをしている。

ほとんど無意識のうちに手を動かしながら考えていたのは、もちろん、迷宮の宝箱の中から手に入れた〈水作成〉が付与された金属製のコップについて、である。贅沢《ぜいたく》な悩みだが、選択肢が多すぎてなかなか考えがまとまらないのだ。

まず、このまま魔道具を所有し続けるという選択はどうだろうか。

その場合、せっかくの魔道具を眠らせておくのは無駄の極みなので、自分で使うことになる。

迷宮に飲み水を持ち込む必要がなくなれば、その分だけ持ち込む食事の量を増やすことができるため、一回あたりの滞在可能時間を延ばすことができる。モンスターを狩っている時間が長くなれば相応に稼ぎも増えるだろう。

しかし、探索者を続けているうちに比較的少ない水でも活動できるように体が順応していることから、昔に比べて消費する水の量がかなり減っている。持ち込む水の量をゼロにできたとしても、食料を倍に増やすのがせいぜいだろう。

ここ数ヵ月のケンは、行きに二日、狩りに最大三日、帰りに二日の合計七日間で一度の探索を行っている。持ち込む食料は余裕を見て十日分だ。

二十日分の食料を持ち込んだと仮定すると、往復の四日分と予備の二日分を差し引いて最大十四日も狩り続けられる計算になる。実に四倍以上という驚異の伸び率である。

だが、現実というのはそこまで単純にできていない。

探索中に必要なカロリーは保存食だけで全て賄っているわけではなく、迷宮の外で溜め込んだ脂肪を燃焼しながら活動している。保存食だけで生き永らえようとするなら、最低でも今の五割増しの量は摂らなければいけなくなるだろう。

それでカロリー的には十分だとしても、栄養バランスは最悪に近い。短期的にはともかくとして、長期的には何らかの悪影響が出ることが予想される。

先ほどの計算が、食料以外の消耗品について考慮していないことにも問題がある。言うまでもなく道具は使っていれば消耗していくし、それは武器や防具についても例外ではない。

何よりも一番の問題は、精神面について全く考慮されていないことだ。保存食が三日続いただけでうんざりしているのに、十八日も続くのでは理性を失いかねない。いや、理性を失《な》くすというのは冗談にしても、大きなストレス源となるのは間違いない。

諸々《もろもろ》の要素から判断すると、狩り続けていられる時間は元々の二倍で八日といったところだろうか。大きな変化ではあるが、高価な魔道具を使っている割には大して変わらない気もする。

何より〈水作成〉のコップ一つでパーティ全員分の飲み水が賄えるのに、ケンが一人で使っているのは無駄に思えてしょうがない。

（コストパフォーマンスが悪い。ボツで）

やはり売却すべきだろうか。その場合は得られた現金をどう使うかが焦点になる。

探索者を今すぐに引退するという選択はない。それなりにまとまった金額ではあるが、収入がゼロだと仮定して今と同じ生活レベルを保った場合は約三年、ある程度の節約をしても五年後には現金が底を突く見込みとなる。

浮浪者のような生活を覚悟すれば十年以上もつかもしれないが、そんな生活になんの意味も見出せないし、寿命が切れる遥《はる》か手前で無一文になるという結果は変わらない。

したがって、探索者稼業から足を洗うなら他の職業に就くことが前提になるが、小売業や農業を始める元手としては少なすぎる上に、ノウハウもコネも持っていない。誰かに雇ってもらうという手もあるが、その道を選べるなら最初から探索者になっていない。

（探索者を続けられなくなったなら、それも良いかもしれないが……ボツだな）

ならば、稼ぎを増やすための投資をすべきだろう。

探索者という職業は、危険と隣り合わせなだけに確かに高収入ではあるのだが、出ていく金額も相応に多い。新米のうちは入場税、消耗品の購入費、武器や防具の修繕費などが嵩《かさ》んで赤字寸前というのもよく聞く話である。

そういった辛《つら》い期間を抜け、収入ではなく収益が増えてきた時の使いみちとしてメジャーなものは、武器・防具・魔法薬・魔道具といったあたりだろうか。

まずは、武器の更新について考えてみる。

現在のメイン・ウェポンは、柄頭《つかがしら》に〈重量増加〉が付与された片手持ちのメイスだ。打撃部の重量を増すことによる威力増加を狙ったもので、よく『粉砕機《スマッシャー》』や『じゃがいも潰し』とあだ名が付けられている、魔法のメイスとしてはオーソドックスな種類である。

しかし、ケンが手に入れた漆黒のメイスについては、製作者か依頼主が変わった趣向の持ち主だったらしく、なかなかに変態的な機能が備わっていた。

普通、魔法の武器は常に付与効果が発揮されるように作ってあるものだ。例えば〈鋭利〉が付与された剣は常に鋭く、〈重量軽減〉を付与されていれば常に軽い。コマンド・ワードを唱えることで炎を纏《まと》ったり、雷を飛ばしたりできる魔剣も世の中には存在するらしいが、そういったものはかなり特殊な部類に入る。

ケンが所有する魔法のメイスがどう特殊なのかと言うと、まず〈重量増加〉の効果が一般的な物の二倍にまで引き上げられている。それでは持ち運びしづらいとでも考えたのか、任意で効果がオンオフできるようにしてあった。

その代償なのか、魔法の効果を発揮するためには魔石をセットする必要があり、しかもかなり魔力消費が大きいという欠点がある。

偶然訪れた武器屋に不良在庫として眠っていたものを格安で手に入れたのだが、この変なメイスとケンの戦闘スタイルは抜群に相性が良かった。

身軽さを保ちたいケンにとって非戦闘時に軽くしておけるのはありがたい。先制攻撃からの一撃必殺を常に狙っているので、普通より威力が高くなるのも理想的だ。戦闘時間は数秒から数十秒といった短時間なので、燃費の悪さもそれほど気にならない。

武器屋巡りをしてもこれ以上の掘り出し物が見つかる可能性は低く、仮に見つかったとしても今回の予算に合うかがわからない。おそらく徒労に終わるだろう。

(良い武器があっても、それが黒いとは限らないしな。ボツ)

では、サブ・ウェポンのショート・ソードを替えるのはどうだろうか。

こっちは、そのへんの武器屋で購入したごくありふれた普通の武器だ。一応はメイスの攻撃が効かないモンスターへの対策として持ち始めたものだが、実質的にロープなどを切断するのが主な役目となっている。

戦闘で使う機会はゼロに近いため、攻撃性能を高めてもあまり意味がない。もし魔法の武器を買うとしたら、探索の補助となる効果を付与されているのが望ましい。

しかし、剣系統の魔法武器は人気が高く、ちょっとしたものでも驚くほどの高値が付く傾向にある。付与されている効果が強力であったり便利であったりすれば、値段の桁が一つ二つ増えるのも珍しいことではない。

そういった貴族家の宝物庫に入っているような高級品になると、金を積んだだけでは手に入らない。一定の社会的信用、つまり地位や名声があってようやく交渉のテーブルに着ける。

どれ一つとして持っていないケンには最初から関係ない話だが。

(刃物でも鉈《なた》なら安いか？　でも鉈だと突けないからな……とりあえず保留)

安全性を高めたいなら、防具を強化するのは悪くない選択だ。

しかし、ケンが着けているツナギ服型の布鎧は構造が特殊すぎるので、単純な強化は難しい。

丸ごと作り直すならまたオーダーメードすることになるが、今以上に強靭《きょうじん》な布地を見つけるのは困難だろう。特殊な素材を選ぶなら扱える職人を探す必要が出てくるから、費用だけでなく手間と時間もさらにかかる。

別の鎧を重ね着する手もあるが、あまり良い選択とは思えない。布鎧の上から革鎧《かわよろい》を重ねても、動きにくくなるだけで防御力はさほど変わらない。金属鎧を着ければ防御力は大幅に向上するだろうが、機動性と隠密性が絶望的なまでに低下する。

隠密性と言えば、前に〈静寂〉が付与されたチェイン・メイルなんていう変わり種を見かけたことがある。鎧の着用者が一切の音を出せなくなるので静粛性は極めて高まるが、声を出せなくなる副作用があった。

ほんの少しだけ食指が動きかけたものの、自身のスタイルに合わないと判断して手を出さなかった。道具を人に合わせるのであって、道具に人が合わせるのではない。まあ、所持金が全く足りなかったというのが一番の理由だが。

（当たらなければ――って路線で行くしかないな。ボツ）

魔法薬もあるとないでは大違いである。

探索者にとっての定番と言えばもちろん〈治療〉薬だ。傷の痛みは集中力を損ない、出血は体力を消耗させる。モンスターに襲われた時、自分の手で武器が振れるかどうか、自分の足で移動できるかどうかは生死の分かれ目になる。

低位〈治療〉薬でもかなり値が張る上に、完全に治せるのは打撲や切傷《きりきず》や捻挫といった軽傷まででしかないが、それでも大いに生存率を高めてくれるだろう。

ケンもお守り代わりに一番安い〈治療〉薬を持っているが、これを高位のものに置き換えるのはなかなか良い考えだ。最高位の〈治療〉薬なら骨折や内臓に達する傷を瞬時に癒やしてくれるから、即死さえ避けられれば生還の望みがある。

さすがに〈部位再生〉薬までは高価すぎて手がでないし、希少な薬だから魔法薬師にコネがなければそもそも売ってもらえない可能性が高い。

（武器よりもこっちのほうが良いか。保留その二）

他に有用そうな魔法薬はないだろうか。

〈耐寒〉や〈耐暑〉といった特殊環境に適応するための魔法薬は、実際に必要とされる状況になってから購入を検討しても遅くはない。

〈怪力〉〈俊敏〉〈器用〉などの身体能力を一時的に向上させる魔法薬については、有用ではあるが使い所が難しい。ロールプレイングゲームをやっていた時は、貴重なアイテムを使い惜しんだままクリアしてしまうことがよくあった。

〈聴覚強化〉〈視覚強化〉などの感覚増強系もあるが、コスト的な面で常用はできないのであまり頼るのは考えものだ。迷宮上層のモンスター相手なら現状でも対処できているから、使ってもあまり意味がないようにも思える。

（どうしても必要になったら、って感じか）

やはり、新しい魔道具を購入するのが本命だろうか。

隠密性の向上を第一に考えるのであれば〈迷彩〉や〈透明化〉が付与されたマント、〈消音〉のブーツといったものがある。しかし、迷宮の中には視覚や聴覚以外で周囲を知覚するモンスターも多いから、どこまで有効なのかという疑問もある。

モンスターの群れから逃走することを考えると、〈快走〉のブーツで走る速度と持久力を向上させたり、〈水上歩行〉や〈壁面歩行〉でルート選択の自由度を上げたりするのも良さそうだ。

欲を言えば〈空中歩行〉〈水中歩行〉〈土中歩行〉といった、敵の追跡を不可能にできるレベルの魔道具が欲しい。だが、そういった強力で特殊な効果を持つ魔道具は、得てして屋敷が一つ買えるほどに高価なものだ。

（バロウズの爺さんに聞いてみて、良さげな物があれば買ってもいいか。とりあえず保留）

逃走以外の場面で使える魔道具も考えてみたい。

まず思い浮かんだのは、合言葉一つで魔術が発動できる〈巻物〉だ。もし〈爆裂火球〉〈火嵐〉〈吹雪〉〈暴風〉といった範囲攻撃が使えるなら、大量のモンスターと遭遇した場合でも切り抜けられるかもしれない。

しかし〈巻物〉は一度きりの使い捨てである点がネックだ。ケンくらいの探知能力があれば大量のモンスターに取り囲まれるという状況は考えにくいので、結局は使えない切り札になってしまいかねないという懸念がある。

他に、メジャーなものとしては〈魔力の矢〉を飛ばす短杖《ワンド》だろうか。魔道具自体は使い捨てではないが、効果を発動するためには外部から魔力を供給してやる必要がある。弓矢よりも軽くて取り扱いが簡単で、当てるために訓練と才能が必要なく、投擲《とうてき》武器よりも格段に高い射程と威力があることから、探索者の中にも好んで使う人物がいると聞いている。

（遠距離攻撃はできれば便利だけど、運用コストがな）

ここまでにいくつかの案を検討したが、振り返ってみると「より多く稼ぐ」のではなく、どうしても「より安全に稼ぐ」方向に思考が偏っている。

他の探索者について詳しく知っているわけではないが、他のパーティはケンほどに安全マージンを大きく取っていないのではないだろうか。事実として、ケンとしても今以上に安全性を高める必要を感じてはいなかった。

雄々しく死んで英雄と讃《たた》えられるより、臆病と蔑まれてでも生き延びたいのが本音だが、必要十分以上の安全マージンをとるのはリソースの無駄遣いだ。

万が一の際に切れる手札を増やすことで、それまでより危険に対して一歩踏み込めるようになるという見方もできるかもしれないが、当人の心構えが伴っていなければ意味がない。

（切り口を変えてみよう）

何が欲しいか、何がしたいかを考えるのではない。目標を決めて、それを達成するために何をすべきかを考えるのだ。

目標はシンプルに「現在よりも収入を増やすこと」とする。

それというのも、一年ほど前から探索一回あたりの収入が横ばいになっているからだ。良く言えば安定していることになるが、実際は変化できずに停滞しているだけでしかない。

収入を増やす手段を考える前に、まずは現状の分析をしよう。

ケンに限らず、ほぼ全ての探索者は迷宮でモンスターを倒すことによって魔石を獲得し、持ち帰った魔石を売却することで収入を得ている。ドロップアイテムや宝箱の入手については完全な運頼みであり、努力してどうにかなるものではないため今は考慮しない。

魔石の買い取り価格は質によって、つまりは内包されている魔力量で変わる。もちろん、魔力量が多いほうが高く買い取ってもらえる。そして、基本的には迷宮の奥深くに行けば行くほど出現するモンスターが強くなり、迷宮の奥にいるモンスターほど質の良い魔石を残す。

これらの条件から、パーティの実力が許す限り迷宮の奥へ行って、より多くのモンスターを狩ることが稼ぐための最善の方法であると考える探索者は多い。

しかし、ケンとしてはどうも首を傾《かし》げざるをえない。将来的に迷宮の完全制覇を目指しているような英雄志望はいざ知らず、迷宮の浅い部分で永久に燻《くすぶ》っているような探索者が稼ぐなら、他に効率がいいやり方がいくらでもあると思っているからだ。

強いモンスターを狩ったほうが稼げるという認識が、そもそもの誤りなのだ。強さと魔石の価値に全く相関関係がないとは言わないが、少なくとも正比例していないことは確実である。

例えば、迷宮に湧くモンスターの中に小鬼人族《ゴブリン》と豚鬼人族《オーク》がいる。この二種類がもし正面から戦うとすれば、オーク一匹とゴブリン十四でようやく互角というくらいに力の差がある。しかし、魔石の価値を合計すればゴブリン側の圧勝だ。

だから抜け目のない探索者パーティは、自分たちの〝狩場〟というものを持っている。自分たちが倒しやすいモンスターの種類、そのモンスターが湧きやすい場所、徘徊するモンスターが滞留しやすい場所などを調べ、多くのモンスターを短時間で狩ることで効率よく稼ぐのである。

有名な狩場はいくつかあるが、そういった場所は競争率が高いせいで思ったほどには稼げない場合が多い。本当に稼げる場所は外部には漏らさず、仲間内で独占されているのが普通だ。

かくいうケンにも独自の狩場がある。

そこは迷宮上層と中層の境目から少しだけ上層側にある、探索者たちによって〝影豹の棲《す》み家〟と名付けられた場所だ。

『影豹』はマッケイブ迷宮のみに出現するとされるモンスターで、黒い豹をそのまま二足歩行させたような見た目をしている。最も特徴的なのはその両手にある巨大な鉤爪だろう。

常に物陰に潜み、じっと獲物を——つまり探索者が来るのを待ち構えている。哀れな獲物がこのモンスターの存在に気付かずに近くを通り過ぎると、背後から音もなく忍び寄り、鉤爪を使って一瞬で首を刈り取ってしまう。

長く湾曲した爪が漆黒の鎌のように見えることと相まって、このモンスターが死神の眷属《けんぞく》であると大真面目に主張する者もいるほどだ。

〝影豹の棲み家〟は大多数の探索者から上層屈指の危険地帯として恐れられ、全く稼げない場所として忌み嫌われている。

しかしケンに言わせれば、おどろおどろしいイメージだけが独り歩きして作られた虚像でしかない。枯れ尾花が幽霊に見えるように、恐ろしいと思い込んでいるから恐ろしく感じられるだけで、実際にはそこまで大したものでもない。

ただし知り合いの探索者にそう言っても、呆《あき》れ顔《がお》をされただけで同意は得られなかった。

一般的な認識はどうあれ、ケンにとって『影豹』は美味《おい》しい獲物だ。群れることがなく、敵を見つけるまでは隠れ場所から動かず、もし正面切っての戦いになった場合でも勝算があり、魔石の価値はそれなりに高い。

光に対しては異常なほど敏感に反応するために勘違いされているが、実は『影豹』の感知能力はそこまで高くない。視界に入ったり大きな音を立てたりすればさすがに気付かれるが、背後からそっと忍び寄ってしまえばあとは煮るなり焼くなり好きなようにできる。

不意打ち専門のくせに隠れるのも上手くはないから、コツさえ摑《つか》めば〈暗視〉ゴーグル越しに見るモノトーンの世界でも簡単に見つけられる。

そんな、ケンのために誂《あつら》えられたかのような狩場ではあるが、迷宮の入り口から遠いという大きな欠点がある。狩場で過ごす三日間だけで見れば中の上くらい稼げているのに、移動に専念しなければならない四日間のせいでかなり平均が下がっている。

つまり、移動に費やす時間が短くなれば一日あたりの平均収入が上がり、必然的に年収も増えることになる。

では、移動時間を短縮するために何ができるだろうか。

移動ルートの最適化はすでに極まっているから、普通に考えれば移動速度を上げるしかない。先ほど検討した〈快走〉のブーツがあれば、何割か短縮できるだろうか。だが、走っている間はどうしても索敵精度が下がってしまう。

（足音でモンスターがうじゃうじゃ寄ってきそうだからボツだボツ）

〈壁面歩行〉などの魔道具を使って、今までにない新たなルートを開拓できないだろうか。何ヵ所か繋《つな》がっていそうな道が思い浮かぶから検討の余地はある。

しかし本当のところを言うと、移動時間を短くするどころかほとんどゼロにしてしまう方法について、最初から目星が付いていた。過去に一度挑戦したものの失敗した方法である。

（やっぱりアレだよな。ワープポイントを使えるようにしたい）

ケンを含む大多数の探索者は、いつも地上でぽっかりと口を開けている入り口から迷宮に入っているのだが、実は入り口を通る以外にも迷宮に入る方法がある。

それは〈転移〉門と呼ばれるもので、驚くべきことに迷宮の途中までワープできるようになっているのだ。もちろん〈転移〉門からは入るだけではなく出ることもできる。

ある程度以上の規模を持つ迷宮には大抵〈転移〉門があり、世界四大迷宮の一つであるマッケイブ迷宮ではこれまでに三つの〈転移〉門が発見されている。

迷宮の上層や中層という区分は適当に言われているのではなく、迷宮の通常の入り口から第一〈転移〉門までが上層、第一から第二〈転移〉門までが中層という明確な基準がある。ちなみに中層の次が下層、その次が最下層と呼ばれているが、迷宮の中心であるコアにたどり着いたという記録がないため、本当に最下層かどうかは判っていない。

そんな便利なものをどうしてこれまで使わなかったのかと言えば、ケンには利用資格が与えられていなかったからだ。

どうやら〈転移〉門は迷宮が与えし試練を乗り越えた者にのみ与えられる特典らしく、迷宮の内側にある門を通って外に出た経験がなければ、外から中に入れないようになっているのである。

マッケイブ迷宮における第一〈転移〉門の試練とは、門番であるロック・ゴーレムの討伐だ。

迷宮の中の岩に囲まれた洞窟を歩いていると、なんの前触れもなく鉄の扉が現れる。精緻な装飾が施された扉を開くと、その先には五十メートル四方という無駄に広い空間があり、正面に〈転移〉門が見える。

扉を閉じた時点で部屋の中にいる全員が通行資格を持っているのであれば、即座に〈転移〉門が起動して迷宮から脱出できる。しかし、一人でも通行資格を持たない人間が含まれるのであれば、全員の前にロック・ゴーレムが立ちはだかる。

ゴーレムが作動している間は絶対に〈転移〉門が起動しないようになっているので、無視して迷宮から脱出することはできない。ゴーレムが動いていても部屋の中からなら扉が開けられるので、倒せないと判断した場合には逃げることをお薦めしておこう。

このロック・ゴーレムは名前のとおり岩でできた動く人形で、身長は三メートルほどもある。動きは鈍いが防御力は極めて高く、おまけに自己修復機能付きだ。つまり、直るよりも速い速度で壊さなければ永久に倒すことができない。

約一年前にケン単独で挑戦した時はなんともお寒い結果に終わっている。普通にメイスで殴ってもひっかき傷をつけるぐらいしかできず、渾身《こんしん》の力を込めた打撃でようやく握りこぶし大の欠片が飛んだという程度だった。

今回の稼ぎで攻撃魔術の〈巻物〉やその他のアイテムを買えるだけ買って、ゴーレムに再挑戦するというのはどうだろうか。

成功する可能性はある。しかしどんな魔法がどれだけ有効か、どれだけダメージを蓄積させれば倒せるのか、どのくらいの速度で修復されるのかについて正確な情報がない。アイテムを使い切っても倒せなければ全てが水の泡になってしまう。

（うーむ……あんまり気が進まないけど、やっぱり誰か雇うべきか？）

第一〈転移〉門を通れる探索者パーティならば、最低でも一度はゴーレムを倒した実績がある。一時的にパーティメンバーにしてもらい、一緒にゴーレムと戦ってもらえば確実に突破できるのではないだろうか。

心配しているのは、雇ったパーティに裏切られないかどうかだ。それについてはできる限り信頼できそうなパーティを選んだ上で、報酬は成功時の後払いとして後ろから撃たれる可能性を少しでも下げるしかない。

しかし考えれば考えるほど、これが最善の選択であるように思えてくる。

探索者を雇うなら、現金より〈水作成〉のコップをそのまま報酬にするほうが訴求力が高いかもしれない。高値が付かないのは需要を持っている層が大金を持っていないからであって、けしてこの魔道具に価値や需要がないわけではないからだ。

今だけしか手に入らない世界でたった一つだけの限定品、というのはなかなかの売り文句ではなかろうか。

（よし、とりあえずは依頼できそうな相手を探すだけは探してみるか。計画の中止はいつでもできるし、ダメで元々だ）

ケンがお宝を持っているという情報がいつどこから漏れるか分からない。面倒事が近づいてくる前にさっさと手放してしまうべきだ。

依頼する相手を探すのも、自分一人でやっていたらどれだけ時間がかかるか判らない。最終的な判断は自分で下すにせよ、候補者のリストアップはその道のプロに依頼したほうが早くて正確だ。

そうと決まれば善は急げ。考え事をしている間に装備の手入れは終わっているから、今すぐにでも行動を開始できる。

まずは探索者についての情報を集めるように依頼を出し、夕方頃にバロウズへ行って魔道具の鑑定書を受け取る。時間の余裕があれば今後を見据えた準備を進めていけばいい。

しばらくは忙しくなりそうだ。

第五章　探索者パーティ〝秩序の剣〟

情報収集のプロ――隠さずに言えば、盗賊ギルドに情報収集を依頼するのは簡単だった。前に何度か似たような依頼をしたことがあったから、今回もその伝手をたどれば良い。

闇雲に情報を集めても仕方がないと考えたため、予《あらかじ》めいくつかの条件を提示した上で、複数の条件を満たすパーティについてのみ詳しい情報を集めるように伝えてある。

出した条件は次のようなものである。

［条件一］：中層以降をメインに活動しているパーティであること

これについては言わずもがなだろう。探しているのは一緒に探索する仲間ではなく、速やかに依頼を達成できる人材だ。

［条件二］：メンバー数が四名から八名であること

これは依頼の持っていきやすさと、交渉のしやすさを考えてのことだ。

人数が多いと依頼料が嵩みそうだからというストレートな理由もあるが、もしも依頼に対する賛否が分かれた際に結論が出るまで時間がかかりそうだから、という理由もある。断られたのであれば次に依頼を持っていけるのに、保留されるとそれがやりにくくなってしまう。〈水作成〉のコップについて知る人が多くなる、というのも若干のマイナスポイントだ。他人に知られた時点で秘密ではなくなることが確定しているので、少し早いか遅いかの違いだろうが。

少人数パーティを除外したことについては、それほど深い意味がない。人数が少ないとゴーレムを倒す時の負担が大きそうだと思ったくらいだろうか。

［条件三］：大規模ギルド、特に迷宮攻略を目指すギルドに所属していないこと

最先端を走るギルドは重要情報を漏らさないために排他的である可能性が高い、というのが理由だ。ギルドメンバー以外とパーティを組むことを掟で禁じている場合も多いと聞く。

精鋭パーティのサポートをさせるために、まだその域に達していないメンバーでも〈転移〉門を通れるようにしてしまうなんて噂もある。実力不足のパーティを宛てがわれ、ゴーレム討伐に失敗してはたまったものではない。

これから同じことをしようとしているケンが文句を言う筋合いではないが、それはそれ、これはこれである。

［条件四］：パーティメンバーに水系統魔術が得意な魔術師が含まれていないこと

水の確保に苦労しているかどうかで、報酬として提示する〈水作成〉のコップに対する印象が違ってくるだろう。報酬が魅力的ならば依頼を請けてもらいやすくなるし、きちんとした仕事をして

くれると期待できる。

一番を必須条件、二番から四番は追加条件として設定している。

他にも、悪い噂の有無や周囲からの評判、探索者としての活動期間、パーティの役割構成などを条件に入れようかと思っていたが、そのあたりについては実際に見た上で判断するべきであると思い直した。

急がせたこともあってけっこうな金額を請求されたが、必要経費として割り切る。値切りもせず支払ったかいがあったのか、一晩明けた今日の昼過ぎにはさっそく報告書が届けられた。盗賊ギルドが作った資料だけあって、文面には軽い暗号化が施されている。少し手間取りながらも、以前教えられた方法に従って文面を解読していく。

報告書の中には五パーティ二十八名分の情報があり、パーティごとの活動状況と個々人の簡単なプロフィールが記載されていた。

最も有望そうなのは、ケンが挙げた四つの条件を全て満たしているパーティだ。

彼らの存在は他の探索者にあまり興味のないケンでも知っている、と言うよりも知らないほうがおかしいくらいに有名な探索者パーティで、実力は折り紙付きである。

知っているだけで詳しいわけではないから、まずは報告書に書かれたメンバーの情報を一通り見てみることにした。

一人目はアルバート。十七歳の男性でパーティのリーダー。

金髪碧眼《へきがん》の美形で、一般人女性からの人気は探索者の中で一、二を争う。公式非公式を問わず様々な人間がいろいろな誘いをかけているが、全て袖にしているようだ。老若男女や美醜を問わず色仕掛けの類は全く効果を上げられず、むしろ不興を買うだけに終わっている。

両手剣を自在に操る純粋な前衛で、純白のプレート・メイルを纏っている。

迷宮探索向きではない金属製の甲冑《かっちゅう》を着けて苦もなく行動する様子から、鎧に〈重量軽減〉やその他の快適性を増す補助効果が付与された魔法の鎧と推測されている。

得物のクレイモアについても、詳細は不明ながら魔剣であることは確実であるとされる。盗賊ギルドの見立てによれば、最低でも貴族家が家宝にしても恥ずかしくないほどの一級品であり、国宝クラスの超一級品である可能性も否定できないとのことだ。

武具の性能に頼っているだけの凡人に過ぎないとの噂もあるが、探索者崩れのチンピラ三人を武器も抜かずにあしらう姿が目撃されていることからして、ただの中傷だろう。

出身地については不明。マッケイブに現れた時点ですでに現在と同じ装備だったこと、加えてその容姿や立ち居振る舞いから大貴族の隠し子説や国外の王族説がささやかれているが、情報が不足しているために肯定も否定もできないと書かれている。

二人目はクレア。十九歳の女性。

秩序神【ジョザイア】の敬虔《けいけん》な信徒であり、マッケイブにある秩序神教会から神官としての位階を授けられている。優れた治癒術師の証明である〝癒やし手〟の称号を持つ。

肩まで伸びた金色の髪と青い瞳、優しげな顔つき。加えて豊満な体型であることから極めて男性人気が高い。現役探索者としてはおそらくナンバーワンだろう。

アルバートとは姉弟であるという噂があったが、本人の口から明確に否定されている。血の繋がりはなくとも姉のような存在であるのは間違いないようで、アルバートに対して口うるさく注意したり世話を焼いたりする様子が頻繁に目撃されている。

迷宮ではロング・ソードとラウンド・シールドを持ち、神官衣の下にチェイン・メイルを着けて前衛を引き受ける。秩序神教会で行われる合同訓練の際に、壮年男性の神官戦士と互角に打ち合っていたという目撃証言がある。

やはり出身地については不明。マッケイブに現れたのがアルバートと同時期であることから、二人は同郷であるとする説が最有力だ。

三人目はダーナ。二十二歳の女性で猫人族。

短いキジトラの毛色で目は琥珀《こはく》色。異人種であるせいで男性からの人気は若干低い。

装備はショート・スピアとハードレザー・アーマーで、各種の投擲武器も使う。戦闘中は中衛と後衛の位置を臨機応変に切り替えつつ、パーティ全体の補助を行っているようだ。

迷宮の中では猫人族特有の暗視能力と身軽さを活かして斥候役を担い、迷宮の外では他の三人のブレーキ役を務めるとともに、外部との交渉事を一手に引き受けている苦労人らしい。

出身が国外であることは確定しているが、具体的な地名については不明。

冒険者として活動するうちに流れ流れてこの国にたどり着き、モンスター退治の依頼を受けて活動している最中に大量のモンスターに囲まれて死を覚悟した瞬間、突如として現れたアルバートによって危機から救われた、とは本人の言である。

四人目はエミリア。十六歳の女性。

赤い髪と赤い瞳の美少女らしいが、屋外では常にフードを被っているために顔を見たことのある者は少なく、声を聞いたことがある者はさらに少ない。

小柄で華奢《きゃしゃ》な体つきをしている彼女は、ごく一部の層から熱狂的に支持されているらしい。

魔術を強化する〈魔法の杖〉と赤いローブを身に着けた魔術師であり、攻撃系魔術に長《た》けているとされる。純粋な後衛で、武器の扱いについては苦手と言うよりも絶望的。

得意属性は火と風。迷宮に水を持ち込んでいることから、水属性の魔術は全く使えないものと推定される。

根拠として彼女の髪色が挙げられていた。並外れて高い魔力を持った生物は、その影響が外見に表れることがある。典型的な例が両親とはかけ離れた体毛の色であり、適性がある属性によって色が決まる。火属性の適性が高いと赤い髪になり、火属性が得意な魔術師は水属性が苦手な傾向にあるとのことだ。

森人族《エルフ》である、もしくは人間とエルフのハーフであるという噂もあるが、盗賊ギルドの調査では完璧に否定されている。彼女は王国東部にある農村の生まれで、両親ともに普通の人間だったようだ。偶然に村を訪れた魔術師によって才能を見出され、その魔術師の弟子となってマッケイブの町にやってきたという記録が残っている。

少々話は脱線するが、この王国において単に「人間」とだけ言った場合、それは圧倒的多数派である猿人族を指しているものと解釈される。つまり、ケンやアルバートのように猿が知性を得て進化した人種のことだ。

猫人族など、猿人族以外の人種を「亜人」と呼ぶことが多いのだが、それは全く好ましい行為ではない。人間という単語は本来、獣人・爬虫《はちゅう》人・鳥人・魚人など全ての人種の総称であり、自人種以外を「人のようなもの」と呼ぶのは侮辱以外の何物でもないからである。

それはそれとして、盗賊ギルドから受け取った報告書の内容についてだ。

メンバー個人の情報の他に、パーティとしての来歴も書かれていた。彼らが有名な探索者パーティであることはすでに伝えたが、有名になった理由はいくつかある。

最初に注目されたのは今から約一年前。新人探索者アルバートのパーティ――人呼んで

〝秩序の剣《オーダー・ソード》〟に所属する四名のうち三名が女という、他に類を見ない構成であることが理由だった。

探索者という職業における女性比率は極めて低い。新人だけを見ても三パーセント未満で、一年以上続けている探索者に限れば一パーセントをかなり下回っているはずだ。

探索者になる女性が少ないのは文化的なものもさることながら、男女間の身体能力の差にも要因があると考えられる。ゲームの中なら明確な優劣が付かないように調整が加えられるのかもしれないが、現実にはバランスをとってくれるデザイナーなんて存在しない。

飢えた雄どもの存在も悪影響を与えているだろう。ただでさえ迷宮の中は危険に満ちているのに、女性探索者はモンスターだけでなく男性探索者にも警戒しなければいけないのだ。恋は命がけなんて言葉もあるらしいが、色恋沙汰に巻き込まれて死ぬほうはたまったもんじゃない。

女性探索者の寿命が短いことについては他にも理由がある。

上流階級の夫人や令嬢の護衛兼話し相手、娼館《しょうかん》や後宮の警備員など、荒事に対応できる女性の需要が意外なくらいに多いことだ。

迷宮に潜るよりは格段に危険が少なく、社会的地位は少しだけ高く、探索者の底辺とは比べ物にならないほどの高収入。せっかくの誘いを突っぱねてまで探索者を続けるのは、よほどの馬鹿か物好きだけだろう。

そんな物好きが同時に三人も現れ、しかも美女ばかりとくれば目立たないわけがない。しかもそのうち二人はただでさえ希少な魔法使いだ。

とは言っても、その時点では単なる物珍しさから一部の探索者が注目していただけで、有名人と言えるほどではなかった。大半の新人と同じように、いつの間にか消えていくだけの存在であるというのが大方の予想だった。

アルバートたちの名がマッケイブの町に轟《とどろ》いたのはその半年後、彼らが第一〈転移〉門の門番であるロック・ゴーレムの討伐を果たした時である。

迷宮デビューからわずか半年で上層突破というのは当時の、つまり現在の最速記録だ。初挑戦の日から数えて六日目に突破したという記録もあるが、それを達成したのは別の迷宮に十年以上も潜っていたベテラン探索者だったことから、新人の記録とは見做《みな》されていない。

現役の中層探索者パーティが、自力で上層突破するまでに要した時間の平均値が約三年と言えば、アルバートたちの凄《すさ》まじさが理解できるだろうか。

しかもこれは「中層に到達できたパーティ」の平均値であり、上層を突破できないまま引退する探索者のほうが多いのだ。ケンはすでに探索者になって五年だが、下を見れば十年以上も上層でのたくっている奴はざらにいる。

そして、アルバートたちのパーティが中層で活動するようになってから約半年。

二年以内に中層を突破して、十年以内にここ百年では唯一の最下層到達者になる、なんて気の早い予想をする迷宮ウォッチャーもいるらしいが、噂を聞く限りではかなり苦労しているようだ。上層と中層では必要とされる装備と能力がガラリと変わるから、経験の浅い彼らが適応するにはもう少し時間が必要だろう。

苦戦する様子を見て、やはり装備に頼った力押ししかできない凡俗だと貶《けな》す向きもあるが、だったら同じことをやってみろと言ってやりたい。ちゃんとした装備も整えられない無能がいくら言ったところで、負け犬の遠吠《とおぼ》え以上にはなるまい。

（やっぱりここに頼むのがベストだよな。でもなー）

報告書の全ページに目を通した結果、やはり依頼を持っていく先はアルバートたちのパーティが最適であるとの結論が得られた。目立ちすぎることについてはマイナス評価だが、それ以外には欠点らしい欠点がない。

間違いなく門番のゴーレムを倒した経験があるのだから、実力的に不足はない。エミリアが水属性を扱えないのもケンにとっては好都合だ。

メンバーの一人が秩序神の神官というのも素晴らしい。秩序神は法や契約を司《つかさど》る神であるため、正式な契約を結んでしまえば反故《ほご》にされる心配をしなくて済む。こちらが裏切った場合は地の果てまで追われることになるかもしれないが、騙すつもりはないのだから何も問題ないだろう。

いろいろと勧誘をされているらしいから、少し会って話をしただけでケンにおかしな噂が立つことはないはずだ、と思いたい。

アルバートと接触するために、ケンはまず彼らがいつも泊まっている宿へと向かった。

*

それから二日後の昼過ぎ。ケンは迷宮管理局のロビーにいた。

迷宮に入りに来たわけではないので防具は着けず、メイスも持っていない。普通の服を着て、護身のためのショート・ソードを腰から下げているだけだ。

アルバートのパーティは注目株だけあって、常に大勢から観察されている。手間暇をかけて調査するまでもなく、大まかな行動パターンはウォッチャーたちが知っていた。

ウォッチャーの一人がなぜか得意げに語った内容によれば、アルバートたちは第一〈転移〉門を経由して迷宮に入り、三日か四日後に帰ってくる。その後二日ないし三日を休養と準備に当て、また迷宮に入るというサイクルで活動しているらしい。

本日はアルバートが迷宮に入った日から数えて四日目で、普段どおりの行動をとっているならいつ戻ってきてもおかしくない。だからこうして〈転移〉門を使う場合には必ず通らなければいけない道の途中で、じっと待ち続けているというわけだ。

初めは彼らが泊まっている宿を経由してアポイントメントを取ろうとしたのだが、にべもなく断られてしまった。どこの馬の骨とも知れない輩の連絡は取り次げないのだそうである。

賄賂をちらつかせてみても全く態度が変わらなかった。さほど高級そうな店構えではないのにずいぶん従業員教育が行き届いているなと感心していると、受付の奥に秩序神のシンボルが飾られていることに気付いた。

秩序神の信徒が経営する店は融通がきかないことで有名で、店のルールと客の要望に反する行動は頑としてとらない。もし、勧誘に辟易《へきえき》しているアルバートたちが取り次がないように指示したのであれば、いくら食い下がっても無駄だろう。

そんなわけで、本人に直接会って約束を取り付けるべく行動しているのである。

ロビー全体と入り口前広場の両方を見渡せる場所に陣取り、何するともなく周囲を眺める。

（あー、暇だ……）

この五年で百回以上は訪れているはずなのに、じっくり見てみると新たな発見がある。いつもは魔石とドロップアイテムを処分するためだけに来て、用事が済んだらさっさと帰ってしまうので全く気付いていなかった。

広場を行き交う人々の中で大きな割合を占めているのは、やはり探索者だろう。

朝の早い時間にやってくるのは、これから迷宮に入ろうとしているパーティだ。黙々と所持品を確認していたり、仲間と待ち合わせていたり、迷宮の入り口をくぐる直前に全員で気勢を揚げたりする光景がよく見られた。

少し遅い時間になると、パーティ単位ではなく一人か二人で行動する探索者が増えてくる。臨時でパーティを組みたいなら広場の東側、継続的に参加できるパーティを探しているなら西側というように、場所によって棲み分けているようだ。

昼が近づくにつれて迷宮に飲み込まれる人数は減り、吐き出される人数が増える。

隠しきれない興奮を示すように大声で会話する奴がいるかと思えば、葬儀の参列者と見紛《みまが》うくらいに陰鬱な空気を振りまいている奴もいる。足取り軽く魔石の買い取り窓口に向かう奴がいて、疲《ひ》労困憊《ろうこんぱい》で地面にへたり込む奴がいて、怪我の痛みで顔を歪《ゆが》める奴らもいる。

そんな探索者たちをターゲットにした商売人の数もそれなりに多い。

串焼き肉などの軽食を提供する屋台は、探索者にとって憩いの場となっている。屋外で酒の提供が禁止されていることについては不満の声も多く聞かれるが、管理する側からすれば揉め事の種は少ないに越したことはない。

買い足し需要を狙って保存食や道具類を売る店があり、首から下げた番重に傷薬や痛み止めを詰め込んだ売り子がいて、特定のドロップアイテムを買い取りするという看板を出した店がある。地面に広げた布の上に剣や短剣を並べている店もあったが、こんな場所で売れるのだろうか。

ただの見物人や観光客の姿もある。町の名所である迷宮入り口に観光客が来るのは良いとしても、町の住人は何が楽しくてきているのだろうか。ケンにはさっぱり理解できない。

広場の喧騒《けんそう》と比べると、迷宮管理局のロビー内は死んだように静かだ。

たまに誰かが入ってきても用事を済ませたらさっさと帰っていく。何をするでもなく居座っている奴らのほとんどは、盗賊ギルドやそれに類する組織から派遣された情報屋に違いない。一人だけ混じっている挙動不審な若者は、あとで上司から盛大にどやされるだろう。

日が傾き始める頃になって、ようやくケンのお目当てが迷宮から戻ってきた。

〈転移〉門がある部屋へと続く通路から姿を現した瞬間、ロビーにいる全員の視線が四人に集中する。それに気付いていないはずはないのに、彼らは全く気にする素振りを見せなかった。

魔石やドロップアイテムの処分は済んでいるらしく、彼らは迷宮管理局の出口へと向かう。

（ここで声をかけると目立ちそうだな。もう少し待つか）

元々はあまり人のいないロビーで声をかけようと思っていたが、人数は少なくともその内訳に問題がある。接触を持ったという事実はいずれ知られるだろうが、だからといって話の内容まで教えてやる義理はない。

ケンは半日近い時間を共にした椅子に別れを告げ、アルバートたちの後を追った。

四人が迷宮管理局の建物から出ると、迷宮前広場に集まっている探索者や見物人がすぐに気付いた。群衆があげる歓声や野次は後ろにいたケンが気圧《けお》されてしまうほどなのに、当の本人たちは超然とした態度を崩さない。

「あーあ！　〝秩序の剣《オーダー・ソード》〟のミナサマは俺たちなんか目に入らねえってよ！」

「しょうがねえさ。向こうからしたら俺らなんかゴミムシみたいなもんだしよ！」

聞こえよがしの悪口を通り越してただの罵倒と化した言葉を浴びせられても、視線すら向けずに歩み去る。いや、よく見ると猫人族であるダーナの耳が少しだけ後ろに倒れているから、全く気にしていないわけでもないようだ。

町の中心から遠ざかるにつれて、だんだんと人通りが減っていく。熱心なファンが付いてくるのではないかと少しだけ心配していたが、そういった気配は感じられなかった。今アルバートたちを追っているのは、わざと足音を立てるように歩いているケンだけだ。

襲撃するつもりがないという意思表示が正しく受け取られているかは判らないが、こちらの存在に気付いてはいるだろう。その証拠に、ダーナの猫耳がずっとこちらに向けられている。

人通りができる限り少なく、しかしゼロではないという瞬間を見計らって声をかけた。

「すいません、アルバートさん。少々お時間をいただけないでしょうか」

「ん、腕試しか？」

驚く様子もなく振り返ったアルバートは、ケンを見るなり突拍子もない言葉を繰り出した。

防具も着けずショート・ソードを持っただけという格好なのに、どこをどう見たらそんな結論に至るのかがさっぱり理解できない。

「腕試し⁉　いえ、アルバートさんのパーティにお仕事を依頼したいと思い、声をかけさせていただきました」

「誰の使いだ？」

「使いとして来たのではなく、仕事を依頼したいのは私自身です」

「どんな」

「どんな、というのは仕事の内容でしょうか？　探索者としてのものですが」

「……そうか」

なぜか不満そうな雰囲気をにじませたアルバートは、心配げに見守っているダーナへ視線を向けた。神官のクレアは感情の読めない笑顔を浮かべ、フードで顔を隠した魔術師のエミリアはそっぽを向いている。

目配せを受けたダーナがアルバートに代わって一行の先頭に立つ。事前の情報どおり、彼女がパーティの交渉役のようだ。

「ええと、それならどうして、こんな場所で声をかけてきたんでしょうか」

「皆さまへの報酬にしようと考えている物が少し特殊な品物でして。初めは皆さまがいつも宿泊されている宿に伺ったのですが……」

真っ当な話ならどうして人目を避けるのかと問うダーナに対し、後ろ暗いところはないが普通の方法ではコンタクトが取れなかったのだと答えると、ダーナの不安顔が少しだけ緩んだ。

「誓って、法に触れるような依頼ではありません。条件が気に入らなければ断っていただいてけっこうです。まずはお話だけでも聞いていただけないでしょうか」

「それなら……どういったご依頼でしょう？　知ってのとおり迷宮から戻ったばかりで疲れていますから、できれば手短にお願いしたいのですけど」

「少し長くなるかもしれませんし、報酬についてもしっかりとお見せした上で判断していただきたいと考えています。ですから、明日か明後日《あさって》の昼に【ジンデル】というレストランで食事をしながら、というのはいかがでしょうか」

「ジンデルでご飯……」

猫耳をピンと立てたダーナがお伺いを立てるように仲間たちがいる方を見る。彼女の反応からここが狙い所とみて畳み掛ける。

「もちろん、こちらがお誘いしたのですからご馳走《ちそう》させていただきます。私としては全員に来ていただいたほうが嬉しいですね。そちらのほうが情報のやり取りがスムーズにいくでしょう？」

ダーナが仲間たちの顔色を窺《うかが》う。他の三人としても積極的に反対する気はないようだった。

「じゃあ明日の昼、で良いですよね……？　明日の昼でお願いします！」

「ありがとうございます。それでは明日の正午にジンデルでお待ちしております。お店の場所はご存知ですか？」

「あ、はい！　もちろん」

交渉の第一段階が上手くいったことに安堵《あんど》し、さて別れの挨拶をしようかという段になって、それまで成り行きを見守っていたアルバートに声をかけられた。

「ところで、あんたの名前は？」

「これは、名乗りもせず失礼しました。私はケンイチロウと申します。どうぞケンとお呼びください。皆さまからすれば取るに足らない底辺ではありますが、探索者をしております」

「ええっ！　あなたが……聞いていた格好と違うから分からなかった……でも、だから……」

いきなり悲鳴をあげたダーナを見ると、一心不乱になにかについて考えていた。ころころと変わる表情を見ているのはなかなか面白いのだが、さっぱり意味がわからない。

「えーと、ダーナさん。私になにか？」

「いや、気にしないでくれ。たまにあるんだ。そのうち戻ってくるから大丈夫」

交渉役として、それ以前に探索者として大丈夫なのだろうかと思うが、それはケンが口を出すようなことではない。一緒に過ごす仲間が大丈夫と言うのだから大した問題ではないのだろう。

「……では、ダーナさんにもよろしくお伝えください。今回は、時間を取っていただいてありがとうございました」

「ああ。また明日」

「はい、正午頃に」

アルバートたちに見送られながら帰途についた。まずはジンデルに行って明日の予約を確定させた後、花の妖精亭で夕食を摂りつつ作戦を練るとしよう。

第六章　条件交渉

迷宮管理局の鐘塔が正午を告げる音を鳴らす十五分ほど前。レストラン【ジンデル】の一室で、ケンは会食相手の到着を待っていた。

この地方では招待を受けた側が定刻より多少遅れて行くのが一般的なマナーとされていて、個人用の時計が普及しておらず、そもそも分刻みで行動するという文化がないことから、アルバートたちが来るのはもうしばらく後になるだろう。

いや、遅れて行くというマナーは相手の自宅を訪問する時に限った話で、自宅以外に招かれた場合には適用されなかったかもしれない。どうも思い出せないが、今回は招いた側だ。先に来て待っている分には何一つ問題がない。

ケンが早い時間から準備万端で待ち構えているのは、今回の交渉に注力しているからというよりも、五年経っても変わらない日本人・鈴木健一郎としての「時間前行動」の習慣によるものだ。病は治るが癖は治らぬなんて諺《ことわざ》ではないが、日本人として生きていた二十八年間で培われた習性がたかだか数年で消えるはずがない、というのはどうでもいい話か。

このジンデルは高級店に分類されてはいるものの、あまり格が高い店とは見做されていない。

理由の最たるものは、提供される料理があまりにも斬新すぎることにある。無国籍料理や創作料理とでも呼ぶべき新奇なメニューの数々は、歴史と伝統を何よりも重んじる上流階級の方々にはひどく受けが悪い。

だが、それがむしろ食道楽と言われる一部の人間を強烈に惹《ひ》きつけるらしい。庶民でも年に一度の贅沢としてならば手が出せる価格設定であり、席数が少ないことと相まって三ヵ月先まで予約でいっぱいの人気店となっている。

しかしそのあたりの事情については、ケンが交渉場所として選んだこととは全く関係がない。

人目につきにくく秘密が守りやすい環境であること、武装が可能であるということの二つを条件として提示し、盗賊ギルドが挙げた候補の中で一番まともそうな店を選んだら、それがたまたまジンデルだったというだけだ。

明言はされなかったが、おそらくここは盗賊ギルドが経営する店だろう。

全く予約が取れないとされている店にあっさり割り込めた時点で察してはいたが、実際に建物の中に入ってみるとそれがよく分かる。

建物の正面以外にも複数の出入り口があり、通路には死角が多く、いくつか用意されている窓のない個室は扉が二重になっている上に壁が異様に分厚い。部屋の中でどれだけ大声を出しても外には漏れないのではないだろうか。

外に漏れないだけで盗賊ギルドには筒抜けかもしれないが、それに関してはもう諦めた。どうせそのうち知られるのだから、秘匿性よりも速度を優先すべきだと割り切っている。

店内へ武器の持ち込みが可能となっている理由についてはさておくとして、こちらの条件については純粋にアルバートたちに配慮してのことである。彼らからすればケンは正体不明の人物なのだから、密室で会わなければならない場面で丸腰というのは抵抗があるのではないかと考えた。

ケン側は敵意がないことを示すために防具は一切着けず、道中の護身用に持ってきたショート・ソードは手元ではなく入り口横のテーブルに置いてある。

服装についても正装とまではいかないが、なにかあった時のためにと作っておいた一張羅を引っ張り出してきた。公の場所で主役を張るには不足だが、脇役として振る舞うなら許されるだろう。

アルバートに依頼を断られたとしても、顔を繋いでおけばなにかの助けになるかもしれない。そう思えば手を抜くことはできず、万が一にも敵対しているという疑いを持たれたくない。この程度で好印象を与えられるとは思っていないが、やるだけやって損はない。

やがて内側の扉がノックされ、店員が顔を出した。

「お連れの方がいらっしゃいました。お通ししてもよろしいでしょうか？」

「ああ、もちろん」

「畏《かしこ》まりました」

壁に掛かった時計の針はちょうど正午を指している。アルバートたちもなかなか時間に正確な質《たち》のようだ。程なくして四人の男女が部屋に入ってくるのを席から立ち上がって迎え入れる。

ケンにとっては少しだけ意外なことに、彼らはほとんど武装していなかった。

アルバートはシンプルな白いシャツに濃紺の乗馬パンツを合わせ、足元は茶色のブーツというラフな格好だった。服装だけを見れば野卑としか言いようのない出《い》で立《た》ちだが、整った容姿と鍛えられた肉体のおかげで下品さを微塵も感じさせない。

武器は腰から下げた大振りのナイフだけで、彼が普段使っているクレイモアは影も形も見当たらない。普通に考えれば、食事に招かれた時に両手剣なんて持ってくるほうがおかしいのだが。

すぐ隣にいるクレアは、昨日会った時と同じデザインの白い神官衣姿である。しかし下に鎧を着けていないせいか、単純にサイズが合っていないせいかは分からないが、メリハリの利いた体の線が丸見えになっている。若い男にとっては目の毒だが、彼女自身は平然としたものだ。

ダーナが着ているのは故郷の衣装なのだろうか。ボタンをかけるのではなく、体に巻き付けて帯で留める形式の服だった。独特の色使いが彼女に合っていて、尻尾の先に結ばれた青いリボンがいいアクセントになっている。

エミリアは魔術師の正装であるローブ服姿だが、昨日のようないかにも〝魔女〟といった印象を受けるものではなく、丈の長いワンピースと言っても通じそうなカジュアルなものだ。淡い水色がいかにも涼しげで、布地と同じ色の糸を使って目立たないように刺繍《ししゅう》が施されている。迷宮に潜る時と同じ杖を持っているが、彼女にとっては武器というよりも身分の証明書に近いかもしれない。

女性たちには三者三様の魅力があるのだが、ケンの目を最も引いたのはエミリアだった。常にフードを被ったままで誰にも顔を見せないなんてことを言われている彼女だが、今は天井に備え付けられた〈持続光〉のランプが放つ光に顔を晒《さら》している。シミ一つない透き通るような白い肌に燃えるような赤い髪。彼女の小さな耳は丸く、エルフのように先が尖《とが》ったものではなかった。

「なにか？」

不機嫌そうなその声がエミリアのものであると一拍遅れて気付き、慌てて取り繕う。

「あ、いえ、エミリアさんのお顔を初めて拝見したもので、少々見惚《みと》れてしまい――」

「私がエルフじゃないかって噂されているのは知っているけれど、私は間違いなく猿人族。外でフードを取らないのは私の肌が太陽の光に弱いからで、好きで被っているわけじゃない。光に弱いのは体質であって吸血鬼やアンデッドではないから冗談でも言わないでほしい。的外れな疑いを掛けられるのはとても不本意」

「レディに対して不躾《ぶしつけ》な視線を向けてしまったことを、深く謝罪いたします。今後、もしエミリアさんに関するあらぬ噂を耳にした場合は、きちんと訂正することをお約束しましょう」

「ちゃんと分かってくれたのなら、構わない」

つっけんどんな口調ではあったが、さほど怒っているというわけでもないらしい。あっさりとケンの謝罪を受け入れてからは、いつもと同じようにぼんやりと宙を眺め始めた。

こういった場でお定まりの挨拶を交わし、改めて自己紹介をした後で席に着いた。

「今日はランチコースを注文してあります。机の上にメニューを書いた紙がありますので、もしも食べられない食材があれば遠慮なくおっしゃってください。お飲み物は何にしますか？」

アルバートとクレアの二人は適当なワインを注文し、他の三人は水を選んだ。

この辺りの文化では、昼食時に軽く酒を飲むのはごく当たり前のことだ。ただし酩酊《めいてい》するほどに飲むのはマナーに反する。

年齢によって飲酒の可否を決める法律はないが、子供がアルコールを常飲することによる害が知られているため、公の場で飲酒が許容されるのは成人として扱われる十五歳前後からだろう。

この場にいる五人は全員が成人しているが、エミリアは体質と好みから全く酒を嗜《たしな》まず、ダーナは交渉役とパーティのブレーキ役を務めなければいけないと思ってか、控えるようだ。ケンは五年前の大失敗以降は一滴も酒を飲んでいない。

各人に飲み物が配られ、料理が前菜から順に運ばれてくる。さすがは数多《あまた》の食通を唸《うな》らせてきた人気店だけあって、今までに見たことがないような凝った料理だ。

出てくる料理が美味いのはけっこうなことだが、依頼についての話を始めるタイミングが難しい。食事はおまけなのだから、最後の皿が出るまでに一時間以上かかるコース料理を食べきってから、というのはさすがに悠長すぎる。

うっとりと味を反芻《はんすう》していたダーナには申し訳なかったが、スープの皿が下げられた後、口直しのためのパンを運んできた店員が部屋から出たところで話を切り出した。

「さて、本日皆さまをお招きした目的についてですが……」

「あ、はい。なんでも私たちにお仕事の依頼があるとか」

ケンの言葉に対し、緩みきっていた表情を一瞬で引き締めたダーナが応じる。

クレアはいつものように感情を読ませない笑顔を浮かべ、アルバートは興味深げな表情をしているが口を開く様子がない。エミリアは我関せずといった様子でパンを口に運んでいる。

やはり今回もダーナが交渉役のようだが、感情がすぐ表に出てしまう彼女に任せて本当に良いのだろうか。こちらとしては話が通じやすそうな相手で助かるのだが。

「ええ、そのとおりです。つい先日のことですが、幸運にもとても珍しい魔道具を手に入れる機会に恵まれまして。その魔道具を皆さまに提供する代わりに、一つだけ私のお願いを聞いていただけないかと考えています」

一晩かけて交渉の方針について熟考した結果、アルバートたちに対しては誠実さを武器にして真正面から当たるべきであるという結論に至った。

口八丁で相手を手玉に取るなんて高等技術をケンは持っていないし、どれだけ上手い嘘を吐《つ》いてもアルバートならば見破ってしまいそうだ。それに、秩序神の神官であるクレアを騙そうとするなんて命知らずにも程がある。

バカ正直に話して依頼を断られる分には、さほど悪印象は残らないだろう。

「珍しい魔道具……ですか。どういったものでしょう？」

「〈水作成〉が付与された金属製のコップ、という表現でお判りになるでしょうか」

「えっ！」

ダーナのみならず、その場にいる全員が強く興味を引かれたようだ。アルバートとクレアは驚きの表情を浮かべているし、エミリアでさえ今はじっとケンの方を見つめている。

それも当然だろう。

人が生きていくために水と食料は欠かせないが、迷宮の中で安全な水と食料を獲得できる可能性は極めて低い。つまり、探索者は自らの手足を使って外から運び入れなければならない。

運ぶと言うだけなら簡単だが、実際にやると案外難しいものである。探索者が最も頭を悩ませるのは、水を運ぶ「量」と「方法」についてと言っても過言ではない。

最も難しい判断が迫られるのは、水を運ぶためにどれだけのリソースを割くかということだ。人間一人が運べる重量には限界があるから、水の量を増やした分だけ持ち込める装備や食料が減っていく。潜る距離と期間を考えて過不足がないようにすべきだが、迷宮の中では想定外の事態なんていくらでも起きる。

容器の選択も一筋縄ではいかない。

例えばケンは革製の水筒を使っているが、これが意外と重くて嵩張るのだ。大型の水筒を一つだけ持ち込むならさほどでもないが、破損のリスクを考えて小型のものを複数持ち込むようにしているせいで余計に重量が増えてしまう。

水を飲み干した後の水筒は重しにしかならないが、安い物ではないから捨てるのは抵抗がある。使い捨てにしても惜しくないような安物は耐えきれないほどに嫌な味と匂いが水に付いたり、腰の高さから落としただけで縫い目が裂けたりして実用に耐えなかった。

大型といっても革製ではたかが知れているため、より大量に水を運びたいのであれば木製の樽を選ぶしかない。当然ながら重く、人力での長距離輸送を第一にした形状ではないので運びにくい。

これらの問題を解決するために、荷物の運搬を専門とするメンバーをパーティに加えることがある。ポーターと呼ばれる彼らは、戦闘に参加しないことを前提とすることでより多くの荷物を運ぶことができる。雑用や休憩時の見張りを分担できる人数が増えるのもメリットの一つだろう。

だが、ポーターを使うのも良いことばかりではない。彼らも人間である以上は食料や水を消費するし、怪我や病気で体調を崩すこともある。戦えないのだからモンスターに襲われた時は守ってやらなければならない。

だから基本的にポーターを使うのは大規模パーティに限られていて、アルバートたちのような小規模パーティは別の方法をとることが多い。

〈水作成〉を使える魔術師がいればほぼ全ての問題が一挙に解決するが、探索者になってもいいと考える魔術師がそもそも少ない上に、たまにいても有力パーティや有力ギルドがすぐに囲い込んでしまう。だからほとんどのパーティにとっては、魔術師を仲間にするなんて夢のまた夢だ。

アルバートたちのパーティに限って言えば、エミリアという伝手を使って他の魔術師を招き入れられるかもしれないが、そうすると前衛と後衛のバランスが著しく崩れてしまう。

「それは、すごく便利でしょうね……でも、どうしてケンイチロウさんはせっかく手に入れた物を手放してしまうんですか？　ご自分で使えば良いじゃないですか」

警戒心を露《あらわ》にしたダーナが尋ねた。

まあ無理もないだろう。突然現れた見知らぬ人間から「高くて便利な物をやるから言うことを聞け」なんて言われて、疑いもせず信じられるほうがどうかしている。

「そうは見えないかもしれませんが、私はそこそこ長く迷宮に潜っています。このコップがなくても今までどおりやって行く分には困りません」

「いえ、そのくらいは私でも知っていますけど……じゃあ、どうして買ったんですか？　どのくらいかは分かりませんけど、水が出るコップなんて絶対に安くはないでしょう？」

「ああいえ、買ったのではなく拾ったのです。迷宮の宝箱の中から」

「宝箱⁉」

「自分で使うことも考えはしましたが、独り占めしても無駄が多いですから。それよりも有効な使いみちが思い浮かんだのなら、そちらを選択するのはおかしなことではないでしょう？」

「そう、ですね……」

他人からかけられた疑いを晴らすために最も重要なのは、堂々とした態度を崩さないことだ。不快と言えば後ろ暗いところがあると思われるし、憤慨すればごまかそうとしていると思われる。

「……その魔道具を見せてもらえませんか？　いえ、ケンイチロウさんが嘘を吐いてると思ってるわけじゃないんですよ？」

「もちろん構いませんよ。高い買い物をするなら、実物を見てから決めるのは当然でしょう」

そういった要求があるものと考えて抜かりなく準備を整えている。

隣の椅子に隠すように置いてあった箱をテーブルの上に置き、中から〈魔力遮断〉の布で作られた保管用の袋を取り出した。さらにその袋の中から〈水作成〉のコップと魔道具鑑定書を出して、アルバートたちが見やすいように並べる。

するとエミリアが素早い動きで立ち上がり、コップと鑑定書をかっさらっていった。表紙を一瞥《いちべつ》してからじっくりと中身の検分を始める。

「あっ！　こらっ、失礼でしょエミー！　ごめんなさいケンイチロウさん」

「いえいえ、気にしていませんよ」

多少あっけにとられたが、ケンにとっては怒るほどのことではない。なにか気になることがあると他のものが目に入らなくなるタイプの人間には、プログラマ時代の同僚で慣れている。

ひどく恐縮した様子のダーナを見ていると、なぜかこっちが虐《いじ》めているような気分になってしまう。だから今日一番の笑顔を浮かべて全く怒っていないとアピールしておいた。

次の料理が運ばれてきたのに見向きもせず、コップと鑑定書をじっくりと見比べていたエミリアだったが、やがて満足したように頷いた。

「私が見た限りではこのコップと鑑定書の内容は一致している。鑑定書を書いたバロウズという人は私も名前を聞いたことがあるくらいに有名な魔道具クリエイターで、とても実績のある人だから分析が間違っているとは思えないし、正式な〈署名〉が入ってるから偽造されたものではない」

基本的に無口なエミリアだが、口を開くと立て板に水のごとく流暢《りゅうちょう》に話す。流暢と言ってもあまり感情を表さず、ほとんど抑揚もない独特の話し方だが。

「署名って?」

「〈署名〉というのはですね――」

「〈署名〉は主に制作した魔道具に対して付与されるもので、一人ひとりに固有のパターンがあるからその人が作ったことの証明になる。そこから発展して文書用の〈署名〉が開発されて、論文や鑑定書などの文書に付与するようになった。文書用の〈署名〉は一文字でも文章を変えると消えるようにできているから改ざんを防止するためにも使われていて――」

大きくひと呼吸。

「――専門家が文書に〈署名〉をするのは書かれた内容を保証するという意思表明になってる」

「と、いうものだそうです」

自分が知っている内容よりも詳しい説明をされては全く出る幕がない。

エミリアから〈水作成〉のコップを返してもらい、コマンド・ワードを唱えて水を出す。その水をいったん店のコップに移してから一気に飲み干してみせた。誰でも簡単に使える魔道具であるというアピールと、出てきた水が飲用として全く問題がないことの証明である。

するとアルバートが空のワイングラスを差し出してきたので、少しだけ水を注ぐ。軽く匂いを確かめたあとは、躊躇《ためら》いもせずに飲み干してしまった。

「……ただの水だな」

「ええ、そうですよ？」

　エミリアにコップを渡してやると、今度は彼女がコマンド・ワードを唱えて水を出したり、出てきた水に指を浸して温度を確かめたり、指に付いた水を舐めてみたりと忙《せわ》しない。

「間違いなく、言ったとおりの物みたいですね……ケンイチロウさんは、こんなすごいものを報酬にして私たちに何をさせたいんですか？」

　どんな無理難題を言われるのかと心配げな様子でダーナが問いかける。

「ダーナさんたちにお願いしたいのは、私が迷宮にいる門番ゴーレムを倒す時のサポートです。いえ、正確に言うと私の目の前で皆さんの力でゴーレムを倒していただきたいのです」

「……それだけですか？」

「ええ、それだけです」

「それだけにしては報酬が多すぎませんか？」

「私としては、この程度の報酬で依頼を請けてもらえるのかと心配していたくらいですが」

「いえいえ、その心配はさすがにおかしいです」

「そうでしょうか？」

　これは、ケンとダーナのどちらかが正しくてどちらかが間違っているというわけではなく、価値観の差から生まれたすれ違いである。

ケン側は、ゴーレムを倒して第一〈転移〉門が通過できるようになることに対してかなり高い価値を見出している。しかしダーナ側は、ゴーレムを倒せることも〈転移〉門が使えることも大したこととは思っていない。

人との接し方、特に見知らぬ相手に対する期待値には天と地ほどに隔たりがある。

ケンは本質的に他人を信用しておらず、相手が善意で動く存在であるとは考えない。だから他人に対して忠実であることを要求するのであれば、対価を差し出して当然であると考える。

善人であるダーナのほうは、彼女自身がそうであるように人が約束に対して誠実であるものと無意識のうちに期待している。もちろん世の中に悪人がいることは知っているのだが、そういった人間のほうが特殊だと思っている。

当人たちはそんなすれ違いがあることすら気付かず、しばし見つめ合った。

「……報酬の話はいったん置いておきましょう。依頼を請けるかどうか決める前に、いくつか質問してもいいでしょうか」

「もちろん。必要なことであれば何でもお答えしましょう」

「えっと、これは興味本位なので答えたくなければ答えなくてもいいんですけれど、ケンイチロウさんは何を目的にゴーレムを倒すのでしょうか」

「時間短縮のためです。今の狩場は〈転移〉門からすぐの所にあるので、入り口から行くとかなり時間がかかってしまうのですよ」

「すぐというのは？」

「すぐ近くの『影豹』が多くいる辺りです」

「えっ！　本当ですか!?」

猫人族の特性か、ダーナ個人の癖かは判らないが、驚くことがあると瞳孔が広がるらしい。今の彼女は本日最大級に瞳を丸くしていた。

「お疑いでしたら、前回拾った影豹の鉤爪がまだ宿に残っているのでお見せすることもできますよ。前に売った相手を何人か覚えていますので、そちらに聞いていただいても良いでしょうし」

「いえ、そこまでは……でも、それなら私たちがゴーレムの所までケンイチロウさんと一緒に行ったって、どこからも文句は出ませんね」

「うん？　……ああ、そういえばあったかもしれませんね。そういう暗黙のルールも」

迷宮の中に法律はないが、探索者という集団には不文律がある。守ったところで得はなく、徳にもならず、法ではないため破っても罪にならないが、理不尽な制裁だけは加えられる。

その中に「実力の足りない奴を迷宮の奥に連れて行くな」という項目もあるにはあるが、はっきり言って誰も守ってはいない。新人が加わったからといって全員がイチから鍛え直すパーティなんて聞いたこともないし、ポーターという職業が成立している時点で何を言っても説得力がない。

元々は、身の程をわきまえず迷宮の奥へと進みたがる若者を戒めるための言葉だったのかもしれない。しかし今では、うだつの上がらない古参の探索者が伸び盛りの新参たちの頭を押さえつけるための口実へと堕している。

実際に何らかの問題が起きるとは思えないが、アルバートたちのように目立つ存在の足を引っ張りたくてしょうがない、という輩はいくらでもいる。言い掛かりをつけられる材料が少ないに越したことはないだろう。

「これも興味本位ですけど、中層で活動しているパーティに入ろうとは考えていないんですか？　そのコップを持っていけば――いいえ、ケンイチロウさんくらいの腕があるなら持っていかなくたって、入れてくれるところいっぱいあると思うんですけど」

「考えていませんね。昔、いくつかのパーティに入っていたことはあるのですが、方針の違いがあるせいで長続きしませんでした。自分から抜けたことも、追い出されたことも両方あります」

「方針の違い、ですか？」

「ええ。よく言われたのは『神経質すぎる』と『臆病者とは一緒にやっていけない』ですか」

「臆病者……？　ケンイチロウさんが？」

「他に、収入の分配方法で折り合いが付かなかったことも一度だけありました。あの時は、収入の一部をパーティの共有財産としてプールしておく、という提案をした覚えがあります」

探索者としての経験も人生経験も乏しかった頃。まだ鈴木健一郎としての感覚が抜けきっていなかったケンは、過去にプレイしたゲームの知識を元にした、理想的ではあるが現実的ではない提案をしてしまったことが何回もある。

合理的な提案が否定されたことに憤慨し、相手を目先のことしか考えられない馬鹿だと見下していたが、現実が見えていない馬鹿というのはこちらも同じだった。

しかし、自分の方針が間違っていたとは今でも思っていない。過去のパーティメンバーたちが誰一人としてこの町に残っていないのに、ケンは今でも探索者を続けている。結果的にどちらが正しかったかなんてわざわざ言うまでもないだろう。

「最後のパーティを抜けたのは……もう四年近く前になるでしょうか。悪い噂が広まったせいで入れるパーティがなくなって、生きていくために一人で迷宮に潜るようになって。そのうち、生きていくのに不自由しないくらいは稼げるようになったので、自分の考えを曲げてまでどこかのパーティに拾ってもらおうとは思えなかった、といった感じでしょうか」

何もかも思いどおりにしなければ気が済まないという気質の持ち主ではなかったとしても、全く意見が通らない環境というのは存外ストレスが溜まるものだ。自分が変わっているせいだと理解はしていても、感情面まで思いどおりになるわけではない。

ケンがリーダーとなって新しいパーティを作るという案は検討すらしなかった。どう考えても自分自身にリーダーや教育者としての適性があるとは思えなかったからだ。

参謀ならなんとか務まるかもしれないが、度量のあるリーダーの下には常に優れた補佐がいるものだ。そんな人を蹴り飛ばし、自分が後釜に座れると考えるほどには自惚《うぬぼ》れていない。

「節を曲げて、というほどではありませんが……一人だけでゴーレムを倒す確実な方法が見つけられず、今回は皆さんにご協力いただけないかと考えた次第です」

「あんまり強くはないですけど、ものすごく頑丈ですからね。あのゴーレムって」

その後もダーナからいくつかの質問が行われ、答えられる内容であれば全て嘘偽りなく回答していった。ダーナの反応がいちいち小気味よく、ついつい余計なことまで言ってしまったような気もするが許容範囲内だ。

コース料理のラストを飾るデザートが出される頃、質問は打ち止めとなった。聞きたいことを全て聞き終えたダーナは、腕組みをしながら悩んでいる。

「依頼を受けた後に、実は……ってことはありませんよね？　依頼書の下の方にすごく小さい字で追加条件が書かれてるとか、こっそり裏に書いてあるとか」

「報酬が高額であると感じるなら、それは私という異物を一時的にパーティに加えて迷宮に潜るという、危険に対する手当と考えてください」

「いえ！　ケンイチロウさんはそんなことしないと信じてます！　信じてますけど……」

それは信じていない人間のセリフだ、という茶々は入れないでおいた。

ダーナの反応を見る限りでは、依頼を請ける気ではいるが踏ん切りがつかないといったところだろう。最後の一歩を止めているのは、詰まるところケンに対する信頼のなさだ。

ならば彼女の仲間の力を借りて、一歩分だけ背中を押してやれば良い。

「では、いまさらですがもう一つだけ依頼を追加させていただきましょうか。クレアさん」

「はい。いかがなさいましたか」

優雅に食後のお茶を楽しんでいたクレアが、ケンの呼びかけに応えて柔らかく微笑んだ。

「秩序神様にお仕えする神官としての貴女《あなた》に対し、今回の契約の証人をお願いします」

「私は、今回の件の当事者ですが？」

「無理ですか？　秩序神の神官ともあろう方が公正中立を保てず、知り合い側に一方的に有利な裁定を下してしまうと？」

クレアの顔から一瞬にして笑みが消え、気の弱い人間なら睨み殺せそうなほど鋭い視線がケンに突き刺さる。蔑まれて喜ぶような趣味はないが、嘘臭い微笑みを浮かべていた時よりも今の彼女のほうが魅力的に感じられる。

「……よろしいでしょう。挑発に乗って差し上げます」

「ありがとうございます。元から契約書は作ろうと考えていましたので、紙とペンは準備してあります。ちゃんと、秩序神教会謹製の契約書用用紙ですよ」

ポカンと口を開けた間抜けな顔で成り行きを見ていたダーナだったが、だんだんと理解が追いついてきたようだ。納得と決意の表情を浮かべ、自分たちのリーダーであるアルバートを見た。

「私は良いと思います」

「私も、役目を果たすために全力を尽くすことを約束しましょう」

「この魔道具を逃す選択はありえないと考える」

女性三人の肯定的意見を聞いたアルバートは、彼女たちに頷きを返してからケンを見据える。

「分かりました。依頼を請けましょう」

交渉の第一ステージは無事クリアできたようだ。

第七章　食い違い

　これから交渉の第二ステージが始まる。とは言っても、あとは基本的に細かい条件を詰めるだけの作業だ。ケン側としては特に難しい要求をするつもりはないし、よほど無茶な条件を付けられなければ受け入れるつもりなので、揉めるような要素はないはずだ。

「それでは、私が〈転移〉門を通って迷宮の外に出た時点で依頼達成とし、報酬として〈水作成〉のコップを譲渡する、ということで。それを軸にあとは詳細を詰めていきましょうか」

「詳細？」

　なにか決めなければいけないことがあるのか、とアルバートが首をひねる。

「ゴーレムに挑戦する日程を決めるというのもありますが、一時的にせよパーティを組むわけですからね。最低でも命令系統は決めなければいけません」

「ああ、それは決めとかなきゃな」

「迷宮の中では基本的に、リーダーのアルバートさんの指示に従って行動するつもりでいます。ですがそれ以外の部分、例えば依頼内容について解釈の違いがあっては困りますので、事前に決められることは決めてしまいましょう。それと、今回はクレアさんに証人をお願いしていますから。教会へ提出する書類にはいろいろと書かなければいけないのでしょう？」

「はい。契約者の情報と目的についてはもちろん、今回の場合であれば契約の開始日と終了日もしくは終了条件、報酬内容と支払い期限については最低でも記載する必要がございます。他によく記載される内容といたしましては、迷宮内外での禁止事項、契約の遂行が不可能となった場合の対処方法、契約を途中解除する方法とそのペナルティ、などがございますね」

「そうか……」

話の途中からげんなりとした表情を浮かべ始めていたアルバートが、ちらりとダーナを見る。

「任せた」

「貴男《あなた》という人はっ……！」

どれだけ好意的に見ても責任の放棄としか思えないアルバートの態度に、クレアの両目がキリキリとつり上がる。

「剣の腕だけではなく、知恵も磨きなさいといつも言ってるでしょう！　剣の扱いが上手いだけでは世の中は渡っていけない、どれだけ強くなっても解決できない問題は絶対にあるといつも口を酸っぱくして！　現に、今もこうして困っているじゃありませんか。そもそも——」

生活態度についてクドクドとお説教をするクレアを見ていると、彼女とアルバートが姉弟だという噂が立つのも当然だと思える。どちらかと言うと、姉よりも母親のほうが近い気もするが。

　身内同士のことに口を挟む気になれず傍観していると、ふと、ダーナが申し訳なさそうな顔でこちらを見ているのに気付いた。

「……ごめんなさい、ケンイチロウさん」

「いえ、ダーナさんの責任ではないと思いますけれど」

「それでも、仲間なので……ごめんなさい」

　ずっとマイペースを貫くエミリアを見て、お説教という名のじゃれ合いをしている最中のクレアとアルバートを見て、しょんぼりと肩を落とすダーナを見る。

「もう少し、肩の力を抜いても良いと思いますよ」

「分かってはいるんですけど……」

　一時間そこそこという短い時間を一緒に過ごしただけで、性格的にあまり向いているとは思えないダーナがパーティの交渉役を務めている理由がよく解った。他三人の交渉力がひどすぎて、苦労性の彼女が引き受けなければどうしようもなかっただけだ。

　ダーナの未来が幸多きものであることを祈念したい。

＊

「見苦しいものをお見せしてしまい、誠に申し訳ございませんでした」

しばらくの後にようやく我に返ったクレアが、頬を赤らめながら謝罪を口にする。

「いえ、お気になさらず」

「お詫《わ》びというわけではありませんけれど、契約書の作成についてはおまかせください。正式な免状はいただいておりませんが、代書人の真似事ができるくらいには教育を受けておりますので」

「そうですか、ではおまかせします」

秩序神の神官であるばかりでなく、信仰に対して強い誇りを持っている彼女であれば、意図的なごまかしについては心配しなくていいはずだ。

「それでは決めやすいところから決めていきましょうか。まずゴーレムに挑む日についてですが、私は可能な限り早い時期を希望します」

ケンの要求を聞いたダーナが仲間三人とアイコンタクトを交わした。

「私たちとしても異論はありません。今のところ、外せない用事もありませんので」

「ありがとうございます。私のほうは、今日が六日だから……九日以降ならいつでも大丈夫です。ダーナさんたちのほうは、迷宮に潜る準備にどのくらいかかりますか？」

「昨日戻ってきたばかりですけど、明日と明後日の二日間あれば十分です」

「それでは三日後の九日、昼過ぎからゴーレムに挑むということでよろしいでしょうか？　良いのであれば、私はこれから最後の準備をして明日の朝イチで迷宮に潜ります。九日の夕方頃になっても合流できていなければ、いったん仕切り直しということで」

いつでも迷宮に潜れるように準備は整えてある。迷宮に入るまでに半日以上あるから、体調のほうも十分に調整できる。

ケンが迷宮から戻った日から数えて今日でもう六日目だ。派手に動いたこともあって、そろそろ盗賊ギルドあたりはなにかあると勘付いているに違いない。もし気付いていなかったとしても、この集会を監視している人間からすぐさま情報が伝えられるだろう。

面倒な相手から逃げたいなら迷宮に潜るのが一番だ。やり手の商人も凄腕《すごうで》の盗人《ぬすっと》も、迷宮の中までは追ってこられない。

無事にゴーレムを倒して迷宮から戻ってこれたなら、その時にはもう〈水作成〉のコップはケンの所有物ではなくなっている。ない袖は振れないのだから、あとは何を言われようが無視していればそのうち諦めるだろう。

「あれっ？　すいません、計算が合わないんですけど……私たちは九日に迷宮に入るってことで良いんですよね？　どうしてケンイチロウさんは明日行っちゃうんですか？」

「私が移動する時間を考慮に入れたスケジュールです。どれだけ急いでも、上層を突破するのにそれなりの時間がかかってしまいますから」

「ナルホド……えっ？　ちょ、ちょーっと待ってください。やっぱりよく解らないので、もう一度最初から、一日ずつ日付を追いながら確認させてもらえませんか」

ケンとしてはこの上なく単純明快なスケジュールをたてているつもりなのに、なぜかダーナがひどく混乱していた。

しかし、こういった時は確認を面倒くさがってはいけない。両者の認識が少し違っただけで、大きなすれ違いが発生してしまうことがある。携帯電話やメールどころか有線電話網も存在しない世界だから、スケジュールの変更も楽ではない。特に、迷宮の中に入ってしまったら連絡の取りようがないのだから、事前のすり合わせは完璧に済ませておく必要がある。

「そうしましょうか。それでは今日、六日の時点から――」

六日。ケンは迷宮探索の準備を行い、アルバートたちは休息をとる。

七日。ケンは早朝に入り口から迷宮に入って奥を目指し、アルバートたちは探索準備を行う。

八日。ケンは迷宮の奥へと進む。道中で大きなトラブルが発生しなければ、夜までには上層を突破してゴーレムが待ち構える部屋の前に到着している予定。アルバートたちは探索準備を行う。

九日。昼過ぎにアルバートたちが〈転移〉門を通って迷宮に入る。扉の前で待機しているケンと合流してからゴーレムに挑み、倒した後に〈転移〉門から脱出する。

「――というのが全て順調にいった場合のスケジュールです。合流できなかった場合や、ゴーレムを倒せなかった場合などはまた別に検討しましょう」

「えと、外じゃなくて迷宮の中で合流するんですか？　できるんですか？　っていうか上層を抜けるのに二日間って……ふつかってなんにちあるんだっけ？」

「ダーナ」

「はっ！　すいません。取り乱しました」

なにかを小声で呟《つぶや》きつつ、空想の世界へ羽ばたこうとしていたダーナだったが、その奇癖はアルバートの呼びかけによって阻止された。

ケンは内心で「常識人に見えるダーナも、ズレてる三人とパーティが組めるだけあってそれなりにぶっ飛んでるな」なんてことを思っていた。おそらく、彼の心の中には自分が何人乗っても壊れないくらいに大きくて頑丈な棚があるに違いない。

「私は迷宮の入り口で待ち合わせてから、五人そろって迷宮に入るんだとばかり思っていたんです。だから、どうしてケンイチロウさんは別行動する話をしているのかな？　って」

「そうでしたか。私と違って皆さんは〈転移〉門を通れるのですから、わざわざ面倒なことをする必要はないでしょう？　その分の時間で英気を養ってもらい、確実に、迅速にゴーレムを倒していただくほうが合理的です」

ダーナがしばらく言うか言うまいか悩むような仕草を見せた後で、意を決して口を開いた。

「あの、たぶんなんですけど、ケンイチロウさんは私たちと一緒に迷宮に入るところを見られて、あとでいろいろと言われるのが嫌だと思ってるんですよね？」

「そんなことは……」

ないとは言えない。知名度を金に換えられる芸能人や商人ならともかく、探索者が有名になったところで特にメリットがない。せいぜい承認欲求と自己顕示欲が満たされるくらいだ。

「いえ、責めてるわけじゃないんです。私だって変な噂をされて気分は良くないですからね。悪いことは何もしてないのに、どうしてあれこれ言われなきゃいけないんだー、って思いますもん」

なんの利益もなかろうが、むしろ不利益を被っていようが有名税は支払わされる。アルバートたちがどういった扱いをされているかについては昨日見たとおりだ。アルバートたちとパーティを組んだと知られれば、その矛先はケンにも向けられるだろう。

ダーナが言った五人そろって迷宮に入るというプランについても、一応は事前に検討している。しかし、人目につきにくい時間帯を選んで迷宮から出ることはできても、誰にも見られずに入る方法が思いつかなかったので早々に放棄した。

迷宮に入るには入場税を支払わねばならないが、徴税官の勤務時間は朝の鐘が鳴る午前六時頃から、夕の鐘が鳴る午後六時頃までと法律で決められている。

やる気のある探索者は鐘が鳴ると同時に迷宮に潜ろうとするから、早朝はむしろ探索者の目が多い。だからといって出発時間を遅らせても、それはそれで一般人や観光客の目に晒される。

「でもですね、別々に迷宮に入っても、出る時は一緒だから注目されるのはあんまり変わらないと思いますよ？」

「そうでしょうか。皆さんが出た後しばらく……そうですね、一時間ぐらい間を開けてから出れば同じパーティだとは思われないのでは」

「いえ、別のパーティと思われたほうがたぶん面倒になるので、止めておいたほうがいいです」

「どういうことでしょうか？」

「〈転移〉門を使う時――あ、迷宮に入る時の話なんですけど、許可証が必要っていうのは知っていますよね？」

「ええ、探索者にとっては常識ですから」

柵に囲われただけで野ざらし状態の迷宮の入り口とは違い、迷宮への〈転移〉門は迷宮管理局の建物内にある。正確に言うと建物の中に〈転移〉門があるのではなく、門の周囲に建物を造ったわけだが、それについては割とどうでも良い。

重要なのは、迷宮管理局が発行する通行許可証を持っていない場合、その探索者は〈転移〉門がある場所への立ち入りを許されないという部分だ。

「ゴーレムを倒して、初めて〈転移〉門から出ていったら職員さんに登録するかって聞かれて、登録したら通行証が貰えるんですけど……すぅっっっごく面倒くさいんです！」

　名目の上では任意登録となっているらしいが、実質的には強制されているも同然である。そうしなければ〈転移〉門を通って迷宮に入れないのだから。

「名前と年、いつも泊まってる宿を聞くくらいは当たり前だと思うんですよ。使っている武器とか戦い方とか、仲間のことを聞かれるのも別に良いんですけど……出身地とか家族の名前とか趣味とか休日の過ごし方とか恋人がいるかなんて聞く必要あります⁉」

「……それは、ダーナさんに気があっただけなのでは？」

「絶対に違います！　だって、その職員さんは猿人族の女の人だし、すごく事務的で冷たい態度だったんですから。あれで私のことが好きだとしたらひねくれすぎですよ！」

　アルバートたちのパーティ——人呼んで〝秩序の剣《オーダー・ソード》〟は、言わずと知れた上層突破の最短記録樹立者である。だから普段より念入りに調査してもおかしくないと思うのだが、比較対象がないので何とも言えない。

　お役所仕事ということで、誰が相手でも同じ対応をしている可能性もある。

「話を戻すとですね、もしケンイチロウさんが一人だけで出てきて、ゴーレムは一人で倒しましたって言ったら、それはもう、ものすごいことになっちゃうと思うんですよ」

「……そうかもしれませんね」

「私の時は、面倒くさくなって途中からテキトーに答えてたんですけど、そうしたら『先ほどおっしゃった内容と矛盾があるように思いますが？』とか言ってきましたからね。嘘を吐くなら完璧に設定を考えておかないとダメっぽいです」

尋問に対して嘘を貫き通した場合、この数百年で数名しかいない単独踏破を成し遂げた者として有名になる。耐えきれずに自白した場合、捏造をしてまで有名になりたがった愚か者として有名になってしまう。目立たないために小細工をするのに、小細工のせいで目立っては元も子もない。だったら何もしないほうが何倍もマシだ。

「迷宮管理局の職員に知られるだけなら、まあ大丈夫でしょうかね」

「いえ……詳しくは言いませんけど、情報漏らしてる人がいますね。間違いなく」

いまさらながら、アルバートたちを選んだのは失敗だったのではないかという気がしてきた。これからでも依頼をキャンセルすべきだろうか。しかし、アルバートたち以上に条件のいい相手が見つかるとは思えない。ここでキャンセルするなら、誰かを雇ってゴーレムを倒すという計画そのものを白紙に戻す覚悟がいる。

だったら考え方を変えてしまおう。

目立つくらいどうってことはない。一時的に噂の的になるかもしれないが、原因はアルバートたちにあるのだ。時間が経てば落ち着くはずだし、必要とあらばパーティを組んだ理由をそれとなく広めても良い。

「これは条件じゃなくて私からのお願いなので、本当に嫌なら断ってもらっても構わないんですけど……できれば、迷宮の入り口から五人でパーティを組んでくれませんか？」

「嫌とは言いませんが、どうしてでしょうか。それと、他のお三方の意見はどうなのですか」

ダーナ個人ではなくパーティとしての意思はどうかと問うと、リーダーのアルバートがしっかりとケンの目を見ながら頷いた。

「俺からも頼みたい」

「私の思いつきで言ってるんじゃなくて、実は前からパーティ内で相談してたことなんです」

現在、アルバートたちのパーティは迷宮中層で活動している。噂では聞いていたが、やはり先へと進むのに悪戦苦闘しているようだ。

迷宮の奥へ行けば行くほどモンスターが強くなるという法則のとおり、上層よりもモンスターの数と種類が増えたことで戦闘の難易度は格段に上がっている。しかし、彼らが苦労しているのはモンスターが強くなったせいではなかった。

アルバートたちの行く手を阻んでいるのは、上層のものとは大きく違う中層の地形である。

迷宮上層は、アリの巣を下ではなく横に延ばしたような構造になっている。天然の洞窟のように見える通路が迷路のように張り巡らされ、ところどころに大小様々な大きさの部屋がある。

通路部分の地形については、上層のどこでも大差がない。エリアによって湧くモンスターが変わるくらいで、入り口から数十メートルの場所でも数キロメートル進んだ場所でも見た目には変化がない。

ただし、十メートル四方を超えるような大部屋だけは少し様子が違う。池があったり、川が流れていたり、地面が砂に覆われていたり、ジャングルのように植物が密生していたりする。場合によっては部屋全体が水没していたり、高さ十メートルを超える崖があったり、幅数メートル・深さ数十メートルの渓谷があったりするせいで進めなくなっていることがある。

大部屋の大半はモンスターの棲み家になっているため、探索者からは俗に〝モンスター部屋〟と呼ばれている。場所によっては数十匹のモンスターが屯《たむろ》していたり、世界中で唯一そこでしかお目にかかれない特殊なモンスターが湧いていたりもする。

それらの場所は確かに難所ではあるのだが——長い時間の中で突破や迂回《うかい》する方法が確立されているため、事前に情報を集めてさえいればさほど苦労することなく乗り越えられるはずだ。

迷宮中層も、入ってしばらくは上層と同じような通路がある。

しかし、簡単に進んでいけるのはそこまでだ。もっと先には別の世界が広がっている。

通路を一歩抜けると、そこには平原があり、荒野があり、森林があり、砂漠があり、ゴツゴツとした巨岩ばかりが転がる山岳地帯がある。上を見上げても岩の天井があるだけなのに、どういうわけか太陽の光が差し込んでいて、しかも昼夜で明るさが変わる。

地上のように無限に続いているわけではないから、まっすぐ進んでいればそのうち反対側の壁に突き当たる。ただし、最低でも十キロメートル以上は歩くのを覚悟しなければならないし、まっすぐ進んでいけるとも限らないのだが。

「探索者になる前は冒険者をしてたんですよ。でも、私が入ってたパーティは基本的に人里から離れた場所に行きませんでした。モンスター退治で森とか山に入ることはあっても、あんまり奥まで行く必要はありませんし……」

ここへ来て、アルバートたちの経験不足が露呈する。

普通の探索者パーティは数年かけて上層を攻略するものだ。その間に迷宮の中で生き残るためのセオリーを見つけ、未知の状況に対応するためのノウハウを蓄積し、困難な状況を乗り越えるために工夫しつつ、モンスターとの戦闘経験を積んでいく。

しかし、アルバートたちには戦闘に関する天性の才能と、その若さにしては異常なくらい豊富な経験があった。だからたった半年で上層を突破してしまえたのだが、そのせいで探索者としての基本的な技能が十分に身に付かなかったのだから皮肉なものである。

「このまま中層で足踏みしてるくらいなら、上層に戻って実力を付けたほうが良いんじゃないか、誰かに頭を下げて鍛え直してもらうべきじゃないか、って話をしてたんですよね……主に私が」

「そうでしたか」

「だからケンイチロウさん。パーティを組んで一緒に探索してもらえませんか？　手取り足取り教えてほしいなんて贅沢は言いません。ケンイチロウさんの行動を見て、自分たちに何が足りないのかを考えたいんです」

「私のやり方があまり参考になるとは思えませんが……」

「それでも、お願いします」

そうまで言われては断るのも気が引ける。アルバートたちが先に進めるようになったところでケンに損はない。むしろ恩を売れるのだから得しかないと言っていい。

おそらく、ケンの探索のやり方は特殊すぎて参考にならないだろうが、それでも良いと言っているのだからあとは彼らの問題である。

＊

「それでは、ケンイチロウ様。文面の確認をしていただき、異論がおありでなければサインを」

「分かりました」

小一時間ほどかけて細かい条件を詰め、クレアが契約書を作成する。今は最終確認の段階だ。

法的に有効な契約書なので小難しい書き方をしているが、要は「アルバートたちがゴーレムを倒してくれたら〈水作成〉のコップをあげます」というだけの話である。

「――ケンイチロウが死亡した場合、その時点をもって本契約は解除される。〈水作成〉の魔道具を含む全ての財産は【花の妖精亭】の店主であるエイダに相続される、と。えー、契約の証人クレアさんになってて……はい、問題ありませんね」

まずケンが契約書にサインし、続いてもう一方の当事者であるアルバートもサインをする。内容を全く読まずにサインをしたせいで、クレアのこめかみに青筋が浮き上がっていた。おそらく後でお説教だろう。

「これで無事に契約が成立いたしました。契約書は保証人である私クレアが責任を持って、秩序神教会へ提出させていただきます」

「お願いします」

迷宮に入る前に細々とした打ち合わせをする必要があるだろうが、それはまた後日ということになっている。

「ケンイチロウさん、今日はありがとうございました。明日からも、短い間かもしれませんけれどよろしくお願いしますね」

「こちらこそよろしくお願いします。迷宮管理局のことや中層について、いろいろと興味深い話を聞かせていただいたお礼と言っては何ですが……こちらをお貸ししましょう」

そう言ってケンは、鑑定書と〈水作成〉のコップが入った袋を差し出した。

「えっ、良いんですか？　まだ私たちのほうは何もしてないというか、一方的にご馳走になっただけですけど……」

「使ったからといって減るものではありませんし、しまっておくのはもったいないですから。このコップの有る無しで準備する物も変わると思うので、まずはお試し期間ということで」

魔道具を貸し与える理由の半分は言葉どおりのものだが、もう半分は打算によるものだ。アルバートたちに渡してしまえば保管の手間がかからなくなるし、盗難や紛失のリスクも彼らが負うことになる。ケンとしてはどう転んでも損にはならない。

「……ではお言葉に甘えて、遠慮なく。このお礼は必ずいたします」

「いえいえ、お気になさらず」

次に会う時間を決めてからアルバートたちと別れ、レストラン【ジンデル】の店員に見送られながら店を出た。

当初の予定とはかなり違った食事会になってしまったが、結果は上々だ。なんとなく一つの山場を越えたような気になってしまうが、始まるのはむしろこれからである。

これからしばらくの間は、ルーチンワークと化してしまった日常に否応無し《いやおうな》の変化が訪れるだろう。不安と期待が入り混じった感情を抱きながら、家路についた。

第八章　パーティ参加

契約を結んだ翌々日。ケンとアルバートたち合計五人はマッケイブの外に出ていた。

そこは町の外縁から直線距離で一キロメートルほど離れた荒れ地で、街道からは離れているのであまり人が来ず、周りに何もないので何者かが近づいてくればすぐに分かる。

逆に言えば、離れた場所からでもこちらが丸見えということになるが、別に疚《やま》しいことをするわけではないから見られたところで構いはしない。

誰にも見られたくないなら少し離れた場所に森があるし、今の面子《メンツ》なら隠れて近づいてくる人間やモンスターの存在を見逃すこともないだろうが、これからやろうとしていることを考えると障害物があっては都合が悪い。

今回、彼らがこんな何もない場所にやってきた理由はと言えば、パーティを組んで迷宮に入る前にお互いの実力を把握しておくためだった。

迷宮に入るわけではないのでバックパックの中に入れてあるのは適当な重しだが、武器や防具については本番と全く同じ物をしっかりと装備している。

「それじゃ、ケンイチロウさん！　まずは何をしましょうか！」

目的地に着くなりダーナが弾んだ声で問いかける。なぜかは分からないが、今日の彼女はとても機嫌が良いらしい。

「まず、呼び方を変えるところから始めようか。ケンイチロウじゃなくてケンでいい」

「えっ！　でもですね、目上の方を呼び捨てにするのは良くないんじゃないかなー、って」

「べつに目上ではないだろ？　一時的とはいえ同じパーティの仲間で、対等な立場だろう。迷宮の中でなにかあって、一瞬で生死が分かれるかもしれないって時まで遠慮しながら話すのか？」

「それじゃあ……ケン、さん」

「さん付けもなしだ。それと敬語もな」

猫人族の娘はなぜか恥ずかしそうに体をくねらせながら、小声でぶつぶつと呟き始める。ケンの中にあるダーナのイメージが「苦労性の常識人」から「空想癖持ちの苦労人」に書き換わっていることに、果たして彼女は気付くだろうか。

奇行を続けるダーナはひとまず放っておいて、他の三人に視線を向ける。

「アルで良いぞ、ケン」

「私のことはクレアとお呼びください。ケン」

「私はケンと呼ぶからエミーでもエミリアでも好きなように呼んだらいい」

「了解した、アル、クレア、エミー。それで、ダーナ。仲間はこういってるが？」

「じゃあ、えっと、……ケン」

どうして彼女は、恋人の名前を初めて呼び捨てにする時の少女のような、初々しさと甘い雰囲気を醸し出しているのだろうか。さっぱり解らないが、特に解りたいとも思わなかったので放っておくことにする。

「それじゃ、模擬戦からやりたいと思ってるんだけどそれでいいか？　リーダー」

「ああ。良いだろ、それで」

町の外れで待ち合わせ、合流してからこの場所に来るまでの道中に、アルバートたちのパーティが普段どんなふうに探索をしているのか、戦闘中に各々がどういった役目を担っているかについての情報を聞き出している。

話を聞いた限りでは、盗賊ギルドの報告書に書かれていた内容を元に、ケンがしていた想像と大きく違ってはいなかった。しかし百聞は一見に如《し》かずと言うように、自分の目で確かめておかなければ安心はできない。

まずは魔術師であるエミリアを除いた四人が、準備運動を兼ねた素振りと型を互いに披露してから模擬戦を行うことにしていた。

模擬戦と言っても、使う武器は真剣の刃部分に布を巻き付けただけのものである。木剣を用意するという選択もあったが、わざわざ用意するのが面倒だったことと、一度しか使わない物に金を出すのが惜しかったのでこうなった。

真剣では危険すぎると思うかもしれないが、木剣だって直撃すれば骨が折れるし当たりどころが悪ければ死ぬこともある。どうせ怪我をしても治癒術師であるクレアに治してもらえるのだから、いつもと同じ武器を使ったほうが実力を正確に計れるだろう。

予想していたことだが、アルバートは素振りの時点から格の違いを見せつけてくれた。

ケンが「両手持ちの剣」と聞いてまず思い浮かべるのは「筋骨隆々の男がろくに狙いも付けず力任せに薙《な》ぎ払《はら》う」というシーンだ。日本製ゲームの中では、細身の優男が自分の身の丈を超える巨大な剣を軽々と振り回していることもあるが、力で圧《お》すという部分については結局変わらない。

こちらの世界に来てから見かけた両手剣を使う剣士たちの皆が皆、見るからに力自慢の男ばかりだったということもあったので、そんな偏見が固定化されてしまったのも仕方ない部分がある。

しかし、アルバートが一瞬でケンの中にあった固定観念を吹き飛ばしてしまった。

両手剣としては比較的小型の、全長一メートル半ほどのクレイモアを得物としているアルバートは、流れるような剣さばきで仮想の敵からの攻撃をいなし、体勢を崩した敵の急所に最小限の動きで刃を突き立てる。一流の指導者から正統派かつ実践的な剣術を学び、それをさらに実戦で磨き上げた者のみが成し得る動きだった。

アルバートが武器の性能に頼り切りの凡人だなんて吹聴している奴は、アルバートが戦っている場面を見たことがないか、さもなくば言っている本人の才能がゼロ未満かのどちらかだろう。

神官であるクレアの動きも堂に入ったものだった。

ロング・ソードとラウンド・シールドを巧みに操る彼女は、攻勢よりも守勢を重視した立ち回りをしている。うら若い女性に対して使う表現ではないかもしれないが、重厚感があるという言葉がしっくりくる。

集団戦では仲間の三人が敵を倒してくれるから、クレア自身は前線を支えることに主眼を置いているのだろう。治癒術を使えることも相まって、彼女こそがパーティにおける守りの要だ。

ただし防御一辺倒というわけではなく、敵が並の腕前なら一人で始末できるくらいの腕は持っている。やはり正式に剣術を学んでいるというバックボーンは大きい。

前の二人に比べれば一枚も二枚も落ちてしまうが、ダーナもさすがの一言だった。

猫人族である彼女は、持ち前の身軽さと器用さを活かして遊撃としての役目を担う。切り込み隊長であるアルバートの攻撃で傷を負った敵に止めを刺したり、前線を支えるクレアの背後から長さ二メートルのショート・スピアで敵を突いたり、投擲武器で敵の牽制《けんせい》をしたりと、地味ではあるが重要な仕事をこなしている。

残るケンがどうかと言えば――他の三人と比べるのは可哀想《かわいそう》なので、できればそっとしておいてあげてほしい。

武器の握り方から始まって、戦闘に関する技術を何から何まで我流で身に付けたケンは、早いうちから自分には武術の才能がないと気付いていた。だから割り切って、敵の背後をとって反撃を許さずに仕留めきるという戦法だけを磨いてきたわけだが、それでも、手も足も出ずに負けるのが全く悔しくないと言えば嘘になる。

一対一での対戦はケンの三戦三敗。ダーナの槍とケンのメイスではリーチに大きな差があるが、リーチの差以上に大きな実力差があったことは誰の目にも明らかだっただろう。

アルバート対クレア&ダーナ組でも、終始優勢を保ったままアルバートが勝利。

そこにケンが加わった一対三になって、ようやくアルバートが本日初の黒星を喫した。

戯れにケンとアルバートが互いの武器を交換して戦ってみたのだが、結果なんて言うまでもないだろう。一方がろくに汗もかいていないのに、もう一方が息も絶え絶えになっているのが答えだ。

「ケンから見た俺たちの評価はどんなもんだ?」

「どうだろうな。この町で探索者がいったい何人いるかは知らないが、仮に千人として……アルなら十指に入るかどうかってあたりかもな」

「一位じゃないのか?」

「世の中には、化け物みたいに強い奴が意外といるんじゃないかと思ってな。目の前に一人いるくらいだし。それに、その若さで千人中十位前後なら十分以上だろ」

「そうかもな。少なくとも三人は俺より強い人を知ってるし。それで、残りの評価は？」

「クレアなら百位台の真ん中あたり、ダーナは……戦い方にもよるんだろうけど、三百位台ってところじゃないか？　なんとなく上の下か中の上あたりって気がするし」

これは戦闘員ではないポーターを数に含めず、それ以外はパーティ内の立場や前衛・後衛の違いを考慮せず、一対一で戦った場合を想定している。全てケンの個人的な評価だが、アルバートの反応を見る限り全くの的外れでもないのだろう。

「ほうほう。それで……残りの一人は？」

アルバートが端正な顔を歪めて小憎たらしい笑みを浮かべる。

「……激甘に見て八百位ぐらいだな。探索者の中には新人もいるし、酒浸りや薬漬けの奴もいるし……百人に一人くらいは魔術師もいるしな」

「ハハハハッ！　まあそういうことにしておこう」

「なんでもアリで千人同時の殺し合いをするって条件なら、俺は……最後の五十人に残るぞ」

十人でも百人でもない中途半端な数なのは、ケンの見栄と弱気が混ざりあった結果だ。

「ほう。その場合、俺はどうなる？」

「あー……難しいな。最後の十人に残るかもしれないし、最初に脱落する百人の中に入ってるかもしれないし」

「上下でずいぶん差があるのはどうしてだ？」

「だってアル、お前……強い奴を見かけたら戦いを挑んじゃうだろ」

それ以外に何があるんだと言わんばかりの顔で頷く男に対し、もう一方の男は処置なしといった表情で肩をすくめる。そうやって麗しき友情を育んでいる男二人を、女三人は呆《あき》れたように、あるいは微笑ましいものを見るような目で見守っていた。

＊

「前衛三人についてはだいたい解った、と思う。あとは実戦でいくつかパターンを見せてほしいかな。それじゃ、次は――」

「次は私がケンイチロウに実力を見せる番」

それまで、武器を振り回す四人を所在なく見守っていたエミリアが、ようやく巡ってきた出番にやる気を漲《みなぎ》らせていた。いつものように平坦な話し方で、フードに隠されているせいで表情も見えないが、動作でそれと分かる。

町から離れた何もない場所へわざわざやってきたのは、彼女が気兼ねなく魔術を発動させられるようにという配慮だった。

元から攻撃魔術は周囲に被害を及ぼしやすいものだが、エミリアには並の魔術師を大きく上回る魔力量がある。しかも得意としているのが最も破壊の力に長けた火属性魔術というのだから、恐ろしすぎて周りに人がいる場所では試せない。

「最初はどんな魔術を見せればいい？」

「そうだな……まずはエミーが使える中で一番破壊力があるやつを、手加減なしの全力で」

「分かった。向こうにある岩を中心に発動させるから念のためにもう少しだけ離れておくべき」

エミリアが指さしたのは、今立っている場所から三十メートルは離れた場所にある、大きな岩だった。ケンは若干の疑問を抱きつつも、言われたとおりに距離をとる。

それを見届けたエミリアは肩幅と同じくらいに足を開いてしっかりと立ち、両手で摑んだ杖を捧げ持った状態で呪文の詠唱を始める。それは、普段の彼女からは全く想像もできないような朗々と歌い上げるような声だった。

詠唱は一分近くも続いただろうか。詠唱が始まると同時に杖の先端に灯《とも》った赤い光は、魔力の高まりに呼応するかのように次第に強さを増していく。最後には、太陽がもう一つ現れたのかと錯覚するほどに強烈な光を発していた。

「全ての罪業を焼き尽くせ〈業火嵐〉」

完成した魔術が物騒極まりない言葉と同時に発現する。

初めに現れたものは小指の先ほどの小さな火だった。それが一瞬で人間の頭よりも大きな炎に成長し、さらに膨れ上がって嵐となる。荒れ狂う炎が半径十数メートルの範囲を焼き尽くす。吹き付ける風は火傷しそうなほどに熱く、思わず顔を庇《かば》ってしまった。

数秒の後、顔を上げたケンの目の前には灼熱《しゃくねつ》した地面があった。不幸にも魔術のターゲットにされてしまった岩は跡形もない。

「なんだこりゃ……すげえな」

罪人どころか、もしかしたら地獄にいる悪魔でも焼き尽くせるのではないだろうか。とんでもない魔術を見せられて驚愕《きょうがく》と称賛以外の言葉が出てこない。

「どうだった？」

「すごい。すごすぎて、すごい以外の言葉が出てこないくらいにすごい」

手放しの称賛を受けたエミリアが薄い胸を張った。フードの奥ではきっと得意げな表情を浮かべているのだろう。

「もし、今と同じ魔術を続けて使うとしたら、何回までいける？」

「残りの魔力を振り絞ればあと三回はなんとか使えるはず。だけどその後はしばらく休まないと動けないかもしれない」

「じゃあ、連続で三回までなら問題なく使えるのか……一人で戦争できそうだな」

ここまで強力な攻撃魔術を、しかも連続して使える人間は世界広しといえどもそう多くない。火属性の大規模攻撃魔術に限って言えば、エミリアは王国屈指の実力者だ。

「次は何を見せてほしい？」

今のはほんの小手調べ——と言うにはいささか派手すぎる内容だったが、さっきのことは彼女の限界を見たいという興味本位からやってもらっただけのことで、本番はこれから始まる。

ケンが本当に確かめたいことは、迷宮の中で実際に起こりそうなシチュエーションごとに、エミリアがどういった魔術を使うのかについてだ。

「こっちに向かってくるオークが三匹いる。直線の通路で障害物はなし、足を止めて待ち構えるこっちの前衛とぶつかるまでに約十秒。という想定で」

オークは家畜の豚から愛嬌《あいきょう》を抜いて邪悪さを加えたような御面相のモンスターで、一言で言えば直立した豚である。平均的な猿人族と比べて頭二つから三つ分は背が高く、横幅は二人分では足りないくらい大きい。

オークはその見た目とは裏腹にそれなりの技巧を持つ戦士であり、見た目どおりにタフな生き物だ。迷宮の内外で「オークと一対一で戦って勝てれば戦士として一人前」と言われるくらい、メジャーなモンスターでもある。

「オークが三匹。分かった」

お題に対してエミリアが選択したのは、先ほど絶大な破壊力を撒《ま》き散《ち》らした〈業火嵐〉の下位である〈火炎竜巻〉だった。下位とは言っても、この魔術が使えるというだけで中級火魔術師を名乗れるくらいには難易度が高い。

わずか数秒で魔術は完成し、直径三メートルの燃え盛る炎の渦が現れた。直撃すればおそらく即死、巻き込まれただけでもひどい火傷を負って無力化されるだろう。

「前衛が足止めしてるモンスターを一匹だけ仕留めたい場合はどうする？」

「味方を巻き込まないように注意しながら〈火炎竜巻〉をモンスターの背後に出す」

「ふむ……とりあえず良いか。次は、通路で前衛が別のモンスターと戦闘している最中に、後ろから十四以上のゴブリンが襲ってきたって感じで。攻撃を受けるまで十秒未満、前衛がフォローに来るまでは一分以上かかると思ってくれ」

猶予を十秒に設定したのは、先ほどの〈火炎竜巻〉が発動まで十秒前後かかっていたからだ。

「道幅は？」

「上層の標準的なサイズだと思ってくれていい」

迷宮上層の通路にアルバートたち三人を一分以上も拘束できるモンスターは湧かないし、そもそも隠密行動を知らないゴブリンの群れを見逃すとも思えないが、突然モンスターが湧きだしてくる迷宮では絶対にありえないシーンだとは言い切れない。

ここでエミリアが選択した魔術は〈火壁〉だった。高さ二メートル幅五メートルの炎でできた壁は、迷宮の通路を塞ぐには十分な大きさである。視覚的な効果も相まって、ゴブリン程度なら効果が続く限り足止め可能だろう。

「お次は、エミーが戦闘中に使える魔術の中で一番早く発動できるのが見たい。攻撃魔術じゃなくても良いぞ」

「それなら……〈強風〉」

一秒に満たないわずかな集中時間と一単語の詠唱で発動できるのであれば、緊急時にも使えるだろう。試しに十メートルほどの距離をおいてケンが〈強風〉を受けてみたところ、事前に来るのが分かっていても転ばないようにするのがやっとというくらいに強い風だった。

数秒だけ時間が稼げれば良いという場面なら、こちらのほうが足止めに有効かもしれない。

「じゃあ、開けた場所で一番射程が長い魔術は？」

「〈業火嵐〉や〈火炎竜巻〉といった魔術は、術者の認識が及ぶ範囲内であれば自由に起点を設定することができる。ただし距離が離れるにつれて消費する魔力量と難易度が上昇していく」

「つまり？」

「つまり――」

エミリアの説明を要約すると、彼女の視線が通る場所は全て射程圏内ということらしい。より正確に言うと、見えない場所でも正しく認識できるなら魔術の対象にできるが、難易度は極端に跳ね上がるようだ。

詰まるところ、魔術に限らず全ての魔法が使えるか使えないかは、イメージができるかどうかで決まる。魔法を使うために「絶対にこうしなければいけない」という決まりはない。きちんとイメージが構築できるのであれば何をしてもいいし、何もしなくてもいい。

魔術師の多くが魔術を使う際に呪文の詠唱や身振り手振りをするのは、それが彼らにとってイメージを構築する助けとなるからであって、そうしなければ魔術が使えないからではない。クレアのような神官が治癒術を使う時に神に祈りを捧げるのも、エルフが精霊術を使うために精霊に呼びかけるのも結局は同じことだ。

だから魔術師は基本的に、未熟であるほどはっきりした長い詠唱と大きな動作が必要で、熟達すればするほど短い詠唱と小さな動作で十分とされている。

その基準に当てはめれば、エミリアは若さの割にかなり熟達した魔術師であると言える。

しかし、ケンにはどうも気になることがあった。

「エミー、一つ聞きたいんだが……エミーは〈火球〉とか〈風刃〉みたいな単体向けの攻撃魔術は使えないのか？」

ケンが挙げたのは、それぞれ火属性と風属性の中で最も低級とされている攻撃魔術である。どちらも魔術の名称どおりのものを術者の手元に生み出し、敵に向けて射出することで攻撃を行う。

「もちろん使えるに決まっている。馬鹿にしないでほしい」

「じゃあどうして使わないんだ？　オーク一匹倒すのに〈火炎竜巻〉じゃ威力が高すぎるし、範囲も広すぎる。他の奴が撃つならともかく、エミーの〈火球〉なら十分に仕留められるだろ？」

「それは……」

珍しいことにエミリアが言葉に詰まっていた。フードの奥に見える口は悔しげに結ばれ、ケンが促しても口を開こうとはしなかった。

すると、少し離れた場所から成り行きを見守っていたダーナが理由を教えてくれた。

「あのですね、ケンイチロウさん。エミーはですね……」

「やめてダーナ！」

「言うのが恥ずかしいのかもしれないけど……そうする必要があるから聞いてるんだから、ちゃんと伝えないとダメでしょう。ケンさんは笑ったりしないわよ……そうですよね？」

「ああ。どういった理由かは知らないが、馬鹿にしたりしないと約束しよう」

ダーナが言うことにも一理あると思ったのか、エミリアはそれ以上止めようとはしなかった。

「えっとですね、エミーはちょっと運動が苦手なんですよ。素早く体を動かそうとするとこんがらがっちゃうみたいで、どんくさいというか――あわわわ」

エミリアからの強烈な怒気を感じて慌てて自分の口を塞いだが、時すでに遅し。粗忽《そこつ》者の猫娘に構っていては話が進まないので放置する。

「〈火炎竜巻〉は狙ったとおりの場所で発動できてるのに、どうして〈火球〉はダメなんだ？」

「……位置を指定して発動するタイプの魔術は頭の中だけでじっくり狙いを定められる。対して、射出するタイプの魔術は自分の体が思いどおりに動かせないことが原因でどうしても狙いがずれてしまう。私は断じてどんくさくはないけれど、私がほんの少しだけ運動が苦手であることは客観的に見た事実であるため、解決が難しい問題となっている」

どうやら、エミリアの認識としては〈火球〉は石を投げるようにして飛ばすものらしい。実際に石を投げた時に狙いどおりの方向にいった例《ためし》がないせいで、魔術も明後日の方向に飛んでいってしまうようだ。

ケンは矢や銃弾のように狙った方向に飛ばすものというイメージを持っていたため、避けられたり外したりすることは当然ありうると思っていた。しかし、狙いどおりに飛ばせないというのは全く想像もしていない。

「そうか……だったら」

「ケンにはなにか案が？」

もしエミリアが外れると思い込んでいるせいで外してしまうなら、無理矢理な理屈でも当たると思い込ませられれば当たるようになるのかもしれない。

「目標点を設定してそこに引っ張られるように……違うな。そう、エミーが自分で投げるんじゃなくて、魔術で作った弾丸が自分で飛んでいくって考えたらどうだ。風に乗せて飛ばすとか……魔術で見えない手を作って、その無限に伸ばせる手で火の玉を摑んで運ばせてると思えば、相手が動いても誘導できそうだから良いんじゃないか？」

「見えない、手？」

「エミーは魔力を制御する腕は天才的なんだから、体を使うんじゃなくて頭と魔力を使えばいい。魔術を使って魔術を操っちゃいけないなんて決まりはないんだから」

はっとした様子でエミリアが顔を上げ、その拍子にフードの奥から顔が覗く。ケンの目をまっすぐに見つめながら何度も小さく頷いた。

「私は魔術を別の魔術で制御するという発想を今までしたことがなかった。とても独創的で優れたアイディアであると認めるに吝《やぶさ》かではなく、そのためケンに対しては有望そうなアイディアについて私に提案すべ……お願いだから、教えてください」

「もちろん」

もっともらしい理屈をひねり出していくつかエミリアに伝えたところ、彼女はあっさりとものにしてしまった。中にはただの屁理屈《へりくつ》も混じっていたので言ったケンのほうが驚いていた。

これは以前から感じていたことだが、この世界の魔術師たちは考え方が硬直的というか、どうも頭が固いように見える。魔術とはかくあるべしという固定観念の檻《おり》にとらわれていて、そこから一歩も出る気がないとしか思えないのだ。

魔術の入門書にはさんざん「想像力を持たなければ魔術は使えない」と書かれていたはずなのに、これはいったいどういうことだろうか。

ふと、エミリアに超音波レーダーや赤外線誘導装置の概念について教えたらどうなるのかと思ったが、彼女は空中に浮かべた火の玉を操るのに夢中になっていた。最初はぎこちなく前に飛ばすことしかできなかったのに、この短時間でずいぶんと滑らかに動かせるようになっている。

今のエミリアは、子供がシャボン玉を飛ばして喜んでいるかのようでとても微笑ましい。当たった時に壊れて消えるのが、玉のほうだけではないという事実に目をつぶれば。

「まあ、今日はこんなもんでいいか……」

攻撃魔術以外も見せてもらいたかったところだが、わざわざ邪魔をして機嫌を損ねるほどのこともないだろう。エミリアに対してだけは、絶対に迂闊なことを言わないようにしようと心に誓うケンであった。

第九章　迷宮探索

　ケンとアルバートたちが互いの実力を確認しあった日の翌日。朝の鐘が鳴らされる時刻よりも早く、ケンは町の中心までやってきた。

　夏を間近に控えたこの時期は、まだ早朝と呼べる時刻でも外は十分に明るい。迷宮の中でならこの上ない保護色として働く黒ずくめの格好も、太陽の下では鳩《はと》の群れに混じったカラスのように目立ってしまう。

　すぐ先にある迷宮入り口前の広場では、準備を万端に整えた勤勉な探索者たちが数十人、迷宮の入り口を塞ぐ柵が開かれるのを今や遅しと待ち構えていた。

　仲間や顔見知りと談笑している者もいれば、荷物の確認や武器の手入れをしている者もいて、腕組みをしたまま目をつぶっている者もいる。全員に共通しているのは、リラックスしつつもどこか緊張感を漂わせていることだ。

　そんな光景を屋台の陰に隠れながら眺めているケンも、迷宮探索の準備は抜かりなく整えてある。普段の彼ならば探索者の輪の外れあたりでぼーっと待っているのだが、今日に限ってはそうしづらいわけがある。

(もうすぐ夏だなー……早い時間だからまだいいけど暑いんだよなこの格好。でもこの辺の夏は湿度がない分日本の夏よりはマシかな。でもこっちはクーラーないからな。迷宮の中はなぜか一年中同じくらいの気温だけどどうなってるんだろうな)

益体《やくたい》もないことを考えながら時間を潰していると、ざわりと空気が動くのを感じた。

(お、来たな)

ケンの待ち人であるアルバートたちが広場に姿を現した瞬間、刹那の静寂が生まれた。そして次の瞬間にはそれまでに倍する喧騒が戻ってくる。

「おい、見ろよ」「あぁ!?　っんだよ……おっ!」「こっちにツラ出すのは久しぶりだな」

「なんで〝秩序の剣《オーダー・ソード》〟がこっちに来んだ?」「知らねえ」「ボケたんじゃねーの?　ギャハハ」

「こっちで鍛え直しか」「苦労してるみてえだからな」「半年じゃさすがに無理だったな」

「大方、向こうで通用しなくて逃げてきたんだろうよ。ざまあねえ!」

「アイツらだって、何年もこっちでヒーヒー言ってるテメエなんかにゃ言われたかねえだろ」

数人だけ混じっている若い探索者たちだけは純粋な憧れの目を向けていたが、残りのほとんどが向ける視線の中には嫉妬と敵愾心《てきがいしん》が込められている。交わされる言葉は、新たな来訪者に対する根拠のない噂と悪意に満ちた推測ばかりだ。

「ケッ、ハーレム野郎が」「おうおうおう、相変わらずイイ女ばっかり引き連れてやがんなぁ」

「一人ぐらいこっちに回してくれよぉ」「そうだぜぇ！　可愛がってやっからよ！」

「チッ、いけ好かねぇ野郎だ。ボコボコにしてやりてぇわ」「お前じゃ返り討ちがオチだろ」

「ぁあ……クレアさん……挟まれたい……」「俺は敷かれてぇわ」「お説教してほしい」

「エミリアちゃーん！　顔見せてー」「たまにああいうのも良いよな」「ロリコンかお前」

「縞々《しましま》の尻尾を引っ張りたい」「俺は三角の耳を撫《な》で回《まわ》したい」「俺は裸で抱きつきたい」

男であるアルバートに対するものと、女である他三人に対するものではかなり毛色が違っていたが、どちらも聞くに堪えない内容であることには変わりがない。

噂の的になっている本人たちは平然としたものである。反応しても喜ばせるだけなので無視を貫くという理屈はわかるし実際にそれが正解なのかもしれないが、面と向かって罵倒してくる相手を全く気にしないでいるのは難しい。

待ち合わせの相手が来たのだから、本当はすぐに行って挨拶をすべきなのだろう。しかし、あの罵倒が自分にも向けられると考えるとどうしても躊躇《ちゅうちょ》してしまう。

結局、ケンが重い腰を上げたのは朝の鐘が鳴る数分前のことだった。

ケンが屋台の陰から出ると、それに気付いたダーナが嬉しそうな顔で手を振り始めた。そうすると当然、周囲にいる探索者の興味深げな視線がこちらに向けられる。まったく、余計なことばかりする駄猫である。

「スマン。遅くなった」

「ん？　まあ時間どおり、だな」

形ばかりの謝罪にアルバートが苦笑を返す。勘の鋭い彼のことだから、ケンの気配にはとっくの昔に気付いていただろう。隠れていた理由もお見通しというわけだ。

「おいどういうことだよ」「知らねえよ」「あいつら組んだのか？」「そうじゃねえの」

「チッ！　上手いことやりやがって」「お前、アニキに知らせてこいよ」「テメエで行けよ」

どうせ聞いても不愉快になるだけなので、周囲の声を意識的にシャットアウトする。アルバートたちに倣って平静を装おうとするが、これが意外と難しい。

「おはようございますケンイチロウさん！」

「おはようございます、ケン。今回はよろしくお願いします」

「おはようダーナ、クレア。魔力のほうは大丈夫なのか、エミー？」

「全く問題ない」

エミリアは昨日、射撃系の魔術を制御するための実験に長い時間没頭していた。集中力も魔力も無限ではないのだから程々にしておけ、とさんざん言われても止めようとはしなかったから少し心配していたのだ。フードに隠れているせいで顔色は確認できないが、声はしっかりしているし、ふらついている様子もないので、本当に問題はなさそうだ。

程なくして迷宮の入り口前に徴税官が現れたことで、ケンが精神を削られる時間は終わった——かに思われたが、もう少しだけ続いてしまった。

普段なら、待ってましたとばかりに探索者たちが徴税官に群がっていくはずなのに、今日に限っては誰も動こうとしなかった。誰も彼もが曖昧な笑みで周囲の出方を窺っている。

彼らの足を止めているのは「迷宮に入るタイミングがかち合った場合、格上が先に行く」という不文律だった。格上と言っても、基本的にはキャリアが長いほうが偉いといった程度だが、明白な実力差があれば逆転することも全くないわけではない。

つまり、彼らはアルバートの扱いを決めかねているのだ。

探索者歴の長さで言えば下から数えたほうが早いアルバートたちだが、実力と実績は飛び抜けて高い。表向きはどうあれ、ここにいる全員が内心ではそれを認めているはずだ。その程度もわからない間抜けは宿の部屋で惰眠を貪っているか、さもなくば迷宮の中で永い眠りについている。

もしここで年長者に先を譲るような如才なさがあれば、ここまでやっかまれることもなかったかもしれない。だが、いついかなる時でも己の道を行くのがアルバートという男だ。誰も動こうとしないのを見て、それならばと迷宮の入り口へ進み始める。

誰もそれを止めない。いや、止められないのだ。この状況でアルバートより先に行こうとすれば、自分たちは中層に行けるだけの実力があると宣言するに等しい。

ケンの見立てでは、先頭を切ってもおかしくないパーティが二組あった。これがもし一組だけだったとしたら、そのパーティは体面にこだわって先に行こうとしたかもしれない。しかし、自分たちの他にもう一組いるなら「あいつらに譲ってやろうとしたのに」と言い訳できるので、面子も誇りも傷つかずにすむ。

彼らの内心はともかくとして、ケンとしては揉め事が起こらずに済んで重畳《ちょうじょう》である。何食わぬ顔でアルバートたちに続いた。

＊

迷宮へ入り、他のパーティが周囲からいなくなった時点でいったん立ち止まる。

「それじゃ、昨日の打ち合わせどおり、今日一日は手出しも口出しもしない。アルたちが普段どんな感じで行動してるか見たいから、俺はいないものとして扱ってくれ」

「ああ、分かってる」

初めは一緒のパーティに入るだけでいいという話だったはずなのに、ダーナと予定の確認や世間話をしているうちに、いつの間にか全面協力することになっていた。

別人種とは言えうら若い女性に頼られて悪い気はしないし、上手くおだてられれば木登りの仕方くらい教えてやっても良いのではないかと思えてくる。これがダーナの狙いどおりの結果とすればとんだ魔性の女だが、うっかり猫兵衛《ねこべえ》のやることなのでおそらく天然だろう。

アルバートたちのパーティは、戦闘面だけを考えれば間違いなく全ての探索者の中でトップクラスだ。四人パーティに限定した場合では、もしかするとナンバーワンかもしれない。

しかし、経験不足という点を差し引いても戦闘以外の部分がお粗末すぎる、というのが自分のパーティに対するダーナの評価である。

モンスターについてはアルバートが見つけてくれるのでなんとかなるが、罠の探知については目も当てられない。斥候を任せられているダーナにしたところで、他にできる人間がいないからやっているだけであって、得意なわけではないからだ。

上層の〝順路〟に限って言えば、罠の位置を完全に網羅した地図が出回っているので回避することと自体はそれほど難しくない。上層の罠は基本的に手緩《てぬる》いので、罠に掛かって怪我をすることはあってもよほど運が悪くない限り死ぬことはないはずだ。

アルバートたちのパーティに限って言えば、クレアという優れた治癒術師がいるおかげで罠を恐れる必要がなかった。

だからこそ問題の発覚が遅れてしまったわけなので、痛《いた》し痒《かゆ》しではあるが。

「隊列はいつもどおりでいく」

「承知しました」「分かった」「了解です」

アルバートが隊列の先頭に立って進行方向正面および左右の索敵を担当し、二番目に位置するクレアが〈持続光〉のランプを使って前方を照らす。その後ろには杖の先端に〈持続光〉をかけたエミリアがいて、最後尾のダーナは主に後方警戒を行う。

今回に限ってはエミリアとダーナの間にケンがいるが、それについてはどうでも良いだろう。

途中で何度か地図を確認しつつ、順路を黙々と進むこと数十分。いくつ目かの分かれ道の真ん中でアルバートが立ち止まり、横道の方に向かって耳を澄ませるような仕草を見せた。他の四人も立ち止まり、邪魔をしないように息を潜める。

数秒後、手招きされたダーナが素早くアルバートの隣へ行き、同じように気配を探った。

「いますね。ゴブリンがたぶん四、五匹で、こっちに向かってきてます」

「じゃあ殺《や》るか」

即断即決の事例として辞書に載せられるくらいの速度で判断を下すと、間髪を入れずアルバートがモンスターの群れに突撃し始めた。ダーナがフォローのために素早く走り出し、エミリアはいつでも魔術を使えるように準備しながらゆっくりと後を追う。そしてその場に残ったクレアが後方の警戒をしているのに対し、ケンは面食らっているだけである。

遠目に見た対ゴブリン戦は、まさに鎧袖一触《がいしゅういっしょく》という言葉どおりのものだった。アルバートが剣を一度振るたびに一つ首が落ちる光景は、まるで悪い夢でも見ているかのよう。

「他にはいなそうだ」

息も切らせず戻ってきたアルバートを先頭に隊列を組み直し、また迷宮の奥へと進み始めた。

似たようなことが何度か繰り返されているうちに、アルバートたちのパーティが抱える問題がだんだん解ってきた。

ケンが最も大きな問題だと感じているのは、ダーナの負荷が高すぎることだ。

地図を使ったルート確認や罠の発見と解除、暴走しがちなパーティメンバーのフォローといったものだけではなく、適切な間隔で休憩を取るように提案するといったパーティ管理を一部負担し、共有品の管理などの雑務を一手に引き受けている。

この猫耳娘は処理能力の限界を超えると焦りから軽率な行動に出てしまうタイプなので、彼女が常に限界ギリギリの状態というのは好ましくない。言うなれば、残り時間が判らない時限爆弾を抱えて歩くようなものだ。

ダーナにやらされているという意識はないだろうし、他の三人にしても押し付けているつもりはないのかもしれないが、事実は事実として認識しておかなければ改善はできない。

しかし、隊列を組んで行動している最中に言うような内容ではないし、初日は口を出さずにいる約束である。夕食の時に指摘すれば良いと考え、今はそれとなくダーナを気遣うに留める。

＊

一度だけ分かれ道で進む方向を間違えたこと以外に特筆すべき事件もなく、一日目の行程は無事に進んでいた。

十回以上に及ぶモンスターの襲撃は全て苦もなく退けられ、一人の怪我人も出すことはなかった。オーク三匹、ゴブリン二十四匹、洞窟オオカミ十三匹、洞窟コウモリ多数という大戦果を挙げているが、アルバートたちは特に誇るでもなく、ケンとしては然《さ》もありなんと頷くだけである。

ちなみに洞窟コウモリの数が不明なのは、エミリアが〈強風〉の魔術を使って一気に蹴散らしてしまったからだ。魔石の価値が低すぎるので地面に這いつくばって探す気にはなれず、大部分はそのまま放置されている。

ケンの体内時計によれば今は午後六時。迷宮の外では夕の鐘が鳴っている頃だ。

最後にモンスターの群れを蹂躙《じゅうりん》した場所からほんの少し進んだところで、運良く夜営に適した小部屋を見つけることができた。五人が眠るには十分な広さがあり、横道のどん詰まりにある小部屋なので入り口が一つしかなく、探索者が通りかかる可能性が低い。

「今日はここまでにしよう」

アルバートが探索終了を宣言し、全員で夜営の準備に取りかかった。これから夕食を摂り、交代で見張りをしながら眠って、翌朝六時頃に探索を再開するというのが通常の流れになる。

一日の半分が休憩時間と言うと、いささか長すぎると思うかもしれない。安全な町の中なら確かにそのとおりだろうが、ここは緊張を強いられる迷宮の中だ。

休憩時間以外は歩き詰めになるので体力の消耗は大きく、鎧を着けたまま硬い岩の上で眠らなければならないという状況は快適とは程遠い。襲撃を警戒しなければいけない関係で熟睡もできないから、せめて時間を長く取っておかなければ体力が戻らない。

それはともかくとしてまずは夕食である。

普段のケンなら暗闇の中で堅くて塩辛すぎる干し肉を噛《か》みちぎり、不味《まず》い堅パンを唾液でふやかしながら腹に押し込み、革の匂いが付いた生ぬるい水で喉を潤すという、食事を食べるというよりもカロリーの摂取といった趣《おもむ》きになってしまうのだが、今回は全く違う。

一人ではないので当然と言えば当然ではあるが、大きいのはダーナとエミリアの存在だった。

ダーナが持ち込んだ小さな鍋に〈水作成〉のコップで作った水を入れ、エミリアが〈加熱〉の魔術を使ってお湯を沸かす。沸騰したお湯の中にスライスした干し肉を入れ、乾燥野菜と香草も加えてしばらく煮込む。

ごく簡単な料理ではあるが、迷宮の中で温かいスープを飲めるというのが素晴らしい。干し肉を煮たおかげで多少は柔らかくなって塩味も抜けるし、スープに浸せば堅パンも少しは柔らかくなる。そして一応は女の子の手料理だ。

嬉しいことに食後にはお茶まで出された。迷宮の中ではかなりの贅沢品だが、勧めてくれたのでケンも遠慮なくいただく。

「ケンイチロウさん。今日一日見て、どう思いましたか？」

全員が人心地ついたタイミングを見計らってダーナが問いかけた。ケンは全て個人の感想で正しいとは限らないと前置きしてから、率直な指摘を始める。

「まず感じたのは、探索の意図というか……方向性がブレてるってことだな」

「方向性ですか？」

「そう。今回の目的は『上層を突破してゴーレムを倒す』ことのはずだろ？　それなのに、見つけたモンスターは全部狩ったよな。逃げる気になれば逃げられた場合でも、全部」

「あー……そう、ですね」

金を稼ぐため、あるいは戦いの腕を磨くために迷宮に入ったのなら、積極的にモンスターを狩るべきだろう。しかし先に進むのを優先すべき状況下では、寄り道してまで戦闘するのは時間と体力の浪費でしかない。

背後から奇襲されるのを防ぐために狩るという選択をしたのかもしれないが、明らかに度が過ぎている。危険度の高さに応じた適切な判断を下すのはリーダーの義務であり、時間をかけてでも磨かなければいけない技術である。

「モンスターと正面切って戦いすぎるのも問題だな。上手くやればこっちから奇襲をかけられた場面が、今日だけで少なくとも二回あった」

上層の浅い部分に湧くモンスターごときアルバートの敵ではないが、楽ができる場面でわざわざ面倒な方法を選ぶのも一種の手抜きである。迷宮の中では何が起こるのか分からないのだから、可能な限り合理的かつ効率的な行動をとるべきだ。

「治療に使うクレアの魔力はともかく、攻撃に使えるエミーの魔力を遊ばせすぎなのもよくない。こっちから突っ込むんじゃなくて、モンスターを引き寄せてから〈火炎竜巻〉でも撃ち込めばよかっただろ、って場面が三回はあった」

今日エミリアが使った魔術は、光源を確保するために使い続けている〈持続光〉を除けば、洞窟コウモリを蹴散らした時の〈強風〉が一回と、お湯を沸かすための〈加熱〉が数回だけ。彼女の高い魔力が完全に宝の持ち腐れになっている。

ほとんどのモンスターはアルバートが一人で倒してしまうので、いまいち出番がない。

「つまり、だいたいアルバートが悪い」

薄々勘付いてはいたが、今日一日の行動を見て確信に至った。彼こそがパーティで最大の戦力であると同時に、最大の問題児だ。

「……ちゃんと狩れてるんだから大丈夫だろ」

「大丈夫かどうかの話はしてない。無駄だって言ってるんだ。俺や他の奴らみたいに上層止まりの凡人ならどうでも良いけど、アルたちはもっと強いモンスターと戦ってかなきゃいけないんだから、今のうちから効率の良い戦い方を覚えておかなきゃダメだろ」

「そういうのが必要になったら、ちゃんとやるさ」

「普段、自分よりずっと弱い相手に思考停止の力押ししかしてないのに、強い敵が出てきた時だけはちゃんと戦術考えられて、しかも実行できるのか？　俺は絶対に無理だと思うぞ」

クレアからの「もっと言ってやれ」という熱い視線に応えて、言うつもりがなかったことまで言ってしまったが、これがケンの偽らざる本音でもある。

その後、悄気《しょげ》てしまったアルバートに余計なフォローを入れてクレアから睨みつけられたり、細かな部分について指摘をしていった。いくつかは具体的な提案もしたが、それを採用するかどうかは全て彼らが判断することだ。

ケンのアイディアを採用したせいで失敗しても苦情は受け付けない代わりに、不採用になっても一切文句を付けるつもりはない。

「そういえば、ケンイチロウさん。今のペースだと上層を抜けるのに三日はかかっちゃうと思うんですけど、どうしたらもっと早く進めますか？」

反省会が終わりに差し掛かった頃、ダーナが唐突な質問を投げかけた。ケンが脳内にある地図で確認してみると、今日一日で消化できた距離は全体の三割強だった。ダーナが言うとおり、同じペースを続けられたとしても三日はかかる計算だ。

「無駄な戦闘を避ける以外だと……重要なのはルート選びだな。順路は最短ルートだけど、モンスターが比較的多いから最速ルートじゃない。あとは地図を見る回数が多すぎる。上層が半年ぶりだから仕方ない部分はあるだろうけど」

「えっ！　でも、地図を見ないと道順も罠の場所も分かりませんよ⁉」

「道順は覚えろ、罠は見て判るようになれ、って感じだな。そのくらいできなきゃ、たぶん中層の突破は永遠に無理だろ？」

「……そうなんですよねぇ」

上層と比べて中層の難易度が格段に高い理由の一つに、地図が存在しないことが挙げられる。上層の〝順路〟にあたる分かりやすい道が中層にはないのだ。

ならば中層の地図を自分で作りながら、少しずつ奥に進んでいけばいいのではないかと思うかもしれない。しかし、残念ながらそれも不可能である。

上層でもいつの間にか横道が増えたり減ったりと日々変わっているのだが、中層の変化はそんなに生易しいものではない。上層の変わりようが枝葉が伸びるようなものとすれば、中層のそれは木を丸ごと植え替えているようなものだ。

数日前までは通路の先に巨大な森林地帯が広がっていたのに、今日同じ道を通ったら平原地帯に繋がっていたなんてことがざらにある。

迷宮管理局や学会から『構造改変』という正式名称が与えられ、探索者たちが俗に『模様替え』『改築』と呼ぶ現象が中層以降は頻繁に発生するため、通路の地図を作っても全く役に立たないというわけだ。

中層を突破して下層に到達しているパーティがいる以上、突破が不可能ということはないはずなのだが、そういった重要情報は一部の探索者ギルドやパーティが独占し、秘匿されているため全く表に出てこない。

「中層も、上層みたいに入り口の方向が分かるようになってれば、迷子になることを怖がらずにガンガン奥に進んでいけるんだろうけどな」

「え、どういうことですか？　迷宮で迷子になったら、歩き回って運良く見覚えのある場所に行くか、他の探索者が通りかかるの祈るくらいしかないんじゃないですか？」

「……知らないのか？」

「何をです？」

「迷宮の壁をよく見ると、削ったような痕があるだろ。ちょうど魚の鱗《うろこ》みたいな形の」

そう言うと、ケン以外の四人が手近な壁に顔を寄せて〝鱗のようなもの〟を探し始めた。あまりピンと来ていなかったようなので、鱗の一枚を指でなぞって教える。

「この〝鱗〟の流れに逆らうように進んでくと、そのうち入り口に着く。ここの壁にある鱗だって、入り口から部屋の奥に向かって流れてるだろ？」

「……本当だ」

この方法で分かるのは入り口がある方向だけで、その道が奥に続くものかどうかは判らない。

「この情報って、ケンイチロウさんはどこで知ったんですか？　まさかご自分で？」

「いや、酒場の噂話だな。説教好きのオッサンが若いヤツに言ってるのを盗み聞きして、自分でも確かめた。探索者が多い場所で聞き耳を立ててると、意外に重要な情報が転がってくるぞ」

「私がそういうところに行くと、噂話の内容がうちのパーティのことになってしまうので……」

「あー……そりゃしょうがないな」

「質問しても、お前たちに教えられることなんてないとか、なんか卑猥《ひわい》なことをしたら教えてやるとかそういうのばっかりです。だから、情報は基本的に本で調べてます」

「たぶん俺も同じ本を読んだことがあるけど、ああいうのは探索者に憧れてる一般人向けだな。探索者にとっての常識とか、細かいテクニックは書いてないから」

この話を聞いて、ダーナの知識が重要なところで抜けている理由が解った気がする。生きた知識を得る方法が自分の経験しかないのでは、どれほど優秀な人間でも苦労するに違いないのだ。

「じゃあ、明日はそのへんも含めてだな。一般的な方法、俺独自の方法を両方教えとこう」

「はい！　お願いします！」

そこまでする義務はないと思うが、乗り掛かった船だ。

まともなパーティ行動を取るのは四年ぶりくらいなので若干の、いや、かなりの不安はあるが、アルバートたちの実力を考えればよほど変な行動を取らない限り致命傷にはならないだろう。

たぶん。

第十章　非日常

迷宮探索二日目の早朝。

迷宮の外で目覚めの早い太陽が地平線から顔を出し終えた頃、ケンはうつらうつらとした、眠りとも言えない浅い眠りから覚める。

長いソロ探索者生活のせいで、なにかあるとすぐに目が覚める癖が付いているのだが、それを差し引いてもあまり質が良くない睡眠だった。たぶん、近くに人がいたせいだろう。

目を開き、最後の見張り番だったアルバートに無言のまま手を挙げて挨拶を交わす。顔を洗ってシャッキリしたいところではあるが、迷宮の中で水を無駄遣いすることには強い抵抗感がある。今は〈水作成〉のコップがあるから使い放題なのだが、それは今回だけの話だ。

幸いなことに、疲れは残っていない。昨日はモンスターを殺戮《さつりく》して回るアルバートの後を歩いていただけで、そもそも大して疲れてもいなかったのだが。

しばらくして女三人も目を覚まし、朝食の準備が始まった。料理の才能も技術も持ち合わせていないケンは、昨日と同じようにただの観客である。

「今日からは俺も一緒に探索をさせてもらいたい。初めのうちは俺が言ったとおりの動きをしてほしいと思ってるけど……なにかあれば今のうちに言ってくれ」

「いや、ケンのお手並みを拝見させてもらおう」

他の三人も特に異論はないようだ。

「まずは陣形を少し変える。昨日は全員が固まって行動してたけど、今日はとりあえず俺が先行して索敵する。アルたち四人は昨日と同じ並びで良いけど、後方の警戒をやや強めてほしい」

ケンは〈暗視〉ゴーグルを使用しているので、一人で行動するなら明かりは必要ないどころかむしろ邪魔になる。〈暗視〉ゴーグルで〈持続光〉のような強い光を見ると一瞬目が眩んでしまう上、敵から見つかりやすくなってしまうからだ。

「ケンと俺たちはどうやって連絡を取るんだ。大声を出したら全く意味がないし、モンスターを見つけた時にいちいち合流するわけじゃないだろ？」

「本当は〈遠隔通話〉か〈念話〉の魔道具でもあれば良いんだけどな。エミーは使えるか？」

「残念ながら習得していない」

「ああそうだ。昨日聞き忘れてたけど、補助系の魔術ってどんなのが使えるんだ」

「……」

「じゃあ今後の課題だな。エミーは魔力が多いんだから、攻撃だけじゃなくて補助も使えたほうが便利だと思うぞ。例えば〈俊敏〉とか、肉体強化ができれば移動速度も早くなるし」

「了解した」

昨日は指摘しなかったが、パーティの移動速度があまり上がらない理由の一つに、エミリアの移動速度が遅いことが挙げられる。体が小さく、体力があまりない彼女の移動速度が上がり、休憩が減ればそれなりに高速化されるはずだ。

「話を戻すと、前後の連絡にはコレを使う。この石は探索者向けの雑貨店で売ってたやつだけど、河原を探せばそれなりに見つかるらしい。買ってもそれほど高いもんじゃないけど」

ケンがツナギ服の胸ポケットから取り出したのは、ただの白い小石だった。

「これは光石って呼ばれてて、光が当たると光源の方向に強く反射する性質がある。今は周りが明るすぎてよくわからないだろうけど、暗い場所にこれがあるとけっこう遠くからでも見える。ランタンぐらいの小さい光でもな」

この光石を使って、先行したメンバーが後続に対して分かれ道での進行方向を指示したり、モンスターの情報を伝えたりできる。パーティによってはかなり複雑な情報を伝えることもあるが、どうせ中層では使えないし、単なるお試しなので簡単なルールだけを決めた。

分かれ道で直進する場合は印なし、それ以外の場合は進む側の道に矢印状に石を配置する。

進行方向以外にモンスターを発見した場合、モンスターがいる側の道に石を固めて置くことでその存在と脅威度を伝える。脅威度の判定はモンスターの種類・数・距離・進行方向などから総合的に判断する。置かれた石の数が多いほど脅威度が高いことを示し、置かれた石が四個未満なら無視して進む、五個以上なら狩ることにする。

進行方向にモンスターがいた場合や探索者がいた場合はいったん合流する。

上層では数が少ないのだが、罠がある場合は危険箇所を囲むように石を置くことにした。落とし穴ならその周囲、矢が飛んでくる罠ならスイッチ部分さえ避けられれば問題はない。

石の数には限りがあるため、斥候が置いた石は後続が全て回収する。これは、光石を使う他のパーティに迷惑をかけないためのマナーでもある。

「正直に言うと、俺も使うのは初めてなんだけどな、コレ」

「そうなのか?」

「いや、だってソロじゃ使いみちないもんよ。昔パーティ組んでた頃は存在すら知らなかったし」

「なるほど。だったら――」

相談の結果、分かれ道以外でも二十から三十メートルに一個の割合で光石を置くことにした。万が一後続が進む方向を間違えた場合、次の分岐までそのことに気付けないのは問題だという指摘があったからだ。

あとは実際にやってみて、不都合があれば適宜修正していく。手持ちの光石がなくなったら合流するのだから、その時に相談すればいいだけだ。

「出発前に合流する時の合図を決めとこう。アルなら大丈夫だと思うけど、万が一があるかもしれんしな。それに、今後のためにもちゃんとルールを作ってきっちり守る癖を付けたほうがいい」

「……善処しよう」

声による合図は近くにモンスターがいた場合に都合が悪く、音による合図は誤通知が怖い。だから、光石を置くパターンに「合流」を追加することになった。

しかし、それだけではどうも物足りないということで、ダーナが持っていた予備の〈持続光〉のランプを借りて、光の点滅によって合図を送ることにした。モールス信号のように文章のやり取りするのは難易度が高すぎるから、点滅回数と長短でいくつかの指示を送るだけだ。

今回決めたのは「明かりを消せ」「その場に止まれ」「ゆっくり進め」「急いで進め」「了解」の五種類だけ。意味があまりにも限定されすぎているような気もするが、光石による情報伝達の補助ができれば十分だと割り切った。

最初からいろいろ決めても覚えきれないし、慣れないうちは間違いや誤解もあるはずだ。この五種類だけなら、間違いがあってもおそらく笑い話で済ませられる。

その後、モンスターからランプが発する光を見られにくくするための対策を考えている最中に、一つアイディアを思いついた。いや、思いついたと言うよりも思い出したと言うべきか。

地面に落ちていた拳大の石を拾い、エミリアに渡す。

「エミー、これに〈持続光〉をかけてくれ。ダーナ、地図というか……紙なら何でも良いからくれ。一枚だけじゃなくてできれば二、三枚」

「へっ？　何に使うんですか？」

「ちょっと思いついたことがあってな」

受け取った紙を円錐《えんすい》形になるように丸め、中に〈持続光〉がかかった石を放り込む。たったこれだけで懐中電灯モドキの完成である。ケンの知る限り、携帯型の光源と言えばランタンのように全方向を照らすものばかりで、こういった一方向だけを照らす物はなかった。

しかし光源の問題か、それとも筒を作った紙の質が悪かったのか、思ったよりも光に指向性を持たせられなかった。耐久性も低いので全く実用的ではないが、概念は伝えられただろう。

「これって、周りの筒を磨いた金属にしたらけっこう遠くまで照らせそうですね」

「正解。そんなダーナには一ポイントと、このアイディアを自由に使う権利をあげよう」

「ポイント？」

*

一通りの打ち合わせを行い、朝食の後片付けや荷物の整理を済ませた後、ようやく本日の探索開始となった。

「今日は、避けられる戦闘は全部避けて進むつもりだ」

主にアルバートに向けて予め宣言しておく。このことには、目につくモンスターを全て狩りながら進んだ昨日と比較して、どう違うかを確かめるという目的もある。

予想どおりアルバートが不服そうな顔をしているが、この方針を変えるつもりはない。正面からモンスターが来れば戦わざるをえないし、横道にいた場合でも無視して進むのが危険と判断した場合は倒してもらう、と言って宥《なだ》めた。

そして迷宮の奥を目指して進むこと約三十分。

三つ目の分かれ道を通り過ぎた後で、本日初となるモンスターの気配を捉えた。正面から聞こえてきた足音は一つきりで、音の大きさと間隔からしてオークで間違いない。

三十メートル先で通路が大きく右カーブしているせいで見通しが利かないが、それは相手からしても同じこと。オークの歩行速度を考えると、カーブを曲がるまでに数十秒程度の余裕がある。

(これは実験におあつらえむきの状況だな)

少しだけ来た道を戻り、後続のアルバートたちと合流する。

「正面からオーク一匹」

報告を聞くなり武器を抜いて駆け出そうとするアルバートを押し留め、一つ実験させてほしいと伝える。一瞬だけアルバートが不満そうな表情を浮かべるが、無事に許可が出された。

まず、クレアが持ち運んでいた懐中電灯モドキから〈持続光〉がかけられた石を摑み出し、思いっきり前に向かって投げる。石は何度かバウンドした後、カーブの数メートル手前で止まった。あとはこちらが持っている明かりを全て消せば、準備完了だ。

「エミー。モンスターの姿が見えたら、攻撃魔術を……〈火球〉を当てる練習をするか。最低でも二発ぐらい撃てる余裕はあるはずだから、焦らずにじっくり狙っていいぞ。万が一の場合でもアルに任せておけばいいだろ」

「了解した」

隊列の先頭でエミリアが杖を構え、アルバートとクレアがその両脇を固める。ダーナは念のための後方警戒で、ケンはエミリアの真後ろに立って戦闘の監督を行う。

暗闇の中で待つこと十数秒。カーブを曲がって現れたのは、ケンの予想どおりに一匹のオークだった。動物の毛皮で作られた粗末な腰ミノを着け、長さ三メートル近い木製の槍を持ったそいつは、まんまと〈持続光〉がかけられた石に気を取られている。

光を放つ石を地面から拾い上げ、持ち主を求めて周囲をキョロキョロと見回すが、暗がりに潜むケンたちを見つけられるはずもない。

「〈火球〉」

その隙を逃さず、エミリアが魔術で生み出した火の玉を棒立ちのオークへ撃ち込んだ。

並の人間と比べればよほど優秀な戦士であるオークだが、彼にとっては残念なことに不意打ちの一撃を躱《かわ》せるほどの俊敏性はない。自らに向かって飛ぶ魔術の存在に気付くことはできたようだったが、一歩も動けないまま右肩のあたりに直撃を食らった。

高温の炎によって肩と二の腕を一瞬で骨まで焼き尽くされ、痛みと衝撃で地面に倒れてのたうち回る。ほとばしる悲鳴は甲高く、まるで本物の豚であるかのようだった。

かなりの重傷ではあるが、持ち前のタフさと当たりどころが良かったせいで命だけは助かったようだ。いや、本人からすれば運悪く生き残ってしまったと言ったほうが正しいかもしれない。

だが悲観する必要はない。苦しみを終わらせてくれる存在がすぐ近くにいるのだから。

「おお！　ちゃんと当たるじゃないか。じゃ、次は〈風刃〉いっとこう。首狙いがベストだ」

「了解――〈風刃〉」

杖の先端から放たれた風の刃が地面を転げ回るオークの首に当たり、頭と胴体を泣き別れにする。独り立ちした頭部はコロコロと数メートルも転がった後、淡い光を立ち上らせながら跡形もなく消えてしまう。そして、彼が生きた証《あかし》として一つの魔石が残された。

「ナイスショット」

「ん」

ケンの称賛にそっけなく応えるエミリアだったが、いつもは無表情を通している彼女の口元が満足そうに緩められている。

それとは対象的に、不満げな様子を隠そうともしないのがアルバートである。戦闘中に自分の出番がなかったことがお気に召さなかったらしい。

「言っとくけど、今日一日はずっとこんな感じだからな？」

「分かってる！」

全く分かっていなそうな声音だが、彼ならば馬鹿なことはしないと信じている。自分一人だけならどんな困難な道でも躊躇するどころか喜び勇んで突撃していくが、そのせいで仲間が危険に陥ると判断した場合は自制できるのがアルバートだ。

つくづく考えてみると、アルバートは英雄物語の主人公のような男だと思う。容姿が優れているだけではなく、若くして超一流と言われるほどの剣の腕があり、信念も持っている。戦いを好みすぎるのが玉に瑕《きず》ではあるが、血と色を好むのは英雄の性《さが》なのだろう。

ハーレム野郎のことはさておき、その後も探索は順調に進んでいる。

途中からは斥候役をダーナとケンが交互に担当するようになったが、回避できる戦闘は全て回避し、どうしても戦わなければいけない場合は最大限の安全策をとる、という方針は変わらない。

一度、ケンの判断ミスが原因で洞窟オオカミの襲撃を受けることになってしまったが、嬉々《きき》として剣を振るうアルバートにあっさり屠《ほふ》られたらしい。

モンスターの脅威度判定基準に修正を加え、以降も移動速度優先で探索を続ける。

*

小さな事件があったのは、少し長めの昼食休憩を終えて探索を再開した直後のことだった。

真っ暗な迷宮の通路を音もなく進んでいたケンの感覚が、モンスターの存在を捉えた。馴染《なじ》みのあるこの気配は間違いなく『影豹』のものだ。

だが、今はまだ上層の中盤である。探索者から俗に〝影豹の棲み家〟と呼ばれている場所とはかなり距離があるし、上層のこんな浅い場所で『影豹』が湧くという話は聞いたことがない。

わずかに困惑しながらも油断なく確認すると、縦横一メートルほどの岩の陰にうずくまっている人間大の黒い物体があった。

(やっぱりアレか……どうしてこんな場所で?)

迷宮の中では、地域ごとに出現するモンスターの種類がおおよそ決まっている。珍しいモンスターが湧くこともあるらしいが、それはゴブリンの出現地域に上位種のゴブリンが湧くといった感じで、全く違う種類のモンスターが出るわけではなかったはずだ。

湧いた後に移動してきたのだろうか。しかし、洞窟オオカミのように行動範囲の広いモンスターならともかく、基本的に隠れたまま動かない『影豹』が移動できるような距離ではない。

疑問は解決されないが、今は考え込んでいる場合ではない。アルバートたちと合流してこのことを報告することにした。

「なにかあったか⁉」

なにかあってほしいという表情をアルバートは隠しもしなくなっていた。ポーカーフェイスでミステリアスな英雄候補という設定はどこへ行ってしまったのか。

「残念ながら、アルの期待には応えられないぞ」

隠密状態を見破られた『影豹』は、ゴブリンより多少マシといった程度の強さしかない。この戦闘狂《バトルホリック》に倒させても良いが、どうせ満足しないのが分かりきっている。

「なぜかは分からんが、あそこの岩陰に『影豹』がいる」

「ええっ！　どこです⁉　えっ、あっあの岩ですか……本当ですか？　本当なんですか。私じゃぜんぜんわからないんですけど、どうしたら見つけられるんですかね……」

ダーナが懐中電灯モドキを使って岩を照らしつつ、ささやき声で大騒ぎするという奇妙な技を披露する。どうしてこの猫はこう、妙なところで落ち着きをなくすのだろうか。

生まれつき暗視能力を備えているダーナならば、ケンのような〈暗視〉ゴーグルがなくても同じことができるのではないかと考え、少しだけ暗闇の中で『影豹』を探すコツを教えたのだが、結局モノにはならないようだった。

ダーナより、むしろアルバートのほうが向いているのかもしれない。明かりを全て消した途端、彼が「ああ、明るい時よりも気配が判りやすいな」なんて言い出した時は、彼にいくつの才能を与えたのかと天上にいる神を問い詰めたくなった。

「とりあえず、なにかモンスターが隠れてそうだと納得してもらったところで」

「また実験か」

「もちろん。エミー、ちょっとここに立ってくれ」

手招きに応じてやってきたエミリアを、岩の方を向いて立たせる。その真後ろにケンが立ち、エミリアにささやいた。

「この前ちょっと試した〈火球〉の軌道を曲げるってのをやってみよう。岩を回り込んで、陰に隠れてるモンスターを撃ち抜くんだ。大丈夫、エミーならできるし、もっと近づかない限り敵は動かないから安全だ。万が一のことがあっても、頼れるリーダーが守ってくれるから」

ちらりとアルバートに視線を向けると、彼は任せろとばかりに力強く頷いた。

「了解した。やってみる――〈火球〉」

エミリアが構えた杖の先端から火の玉が放たれ、岩めがけてまっすぐに飛んでいき――ごくわずかに左に曲がった後で岩に当たって消えた。

「お、少しだけ曲がったな。でもエミーならもっと曲げられるだろ？」

何発か続けて〈火球〉が撃たれ、そのたびに少しずつ曲がり方が大きくなっているが、幅一メートルの岩の裏には届きそうになかった。

「かなり難易度が高い。訓練を要する」

エミリアの魔力はまだ残っているが、あまり時間をかけすぎると別のモンスターから襲撃を受ける可能性が高まる。単なる実験なのだから、適当なタイミングで切り上げるべきだろう。

「じゃあ、次で最後にしよう。そっちにいる男の我慢もそろそろ限界みたいだしな」

どうもエミリアは、ただの火の玉が弧を描くように飛ぶということについて違和感があるようだ。だから上手く軌道をイメージできず、イメージを具現化する技術である魔法を上手く制御できていないのかもしれない。

ならば火でボールを作るのではなく、別のものを作ってみればどうだろうか。

「ちょっと考え方を変えてみよう。例えば……鳥だ。エミーはどんな鳥が好きなんだ？」

「……鷹《たか》」

「鷹が好きなのか。カッコいいもんな鷹。じゃあ、炎で鷹を作ってみよう」

「炎で、鷹を」

「鷹が岩の右上あたりをめがけて飛んでいって、左に旋回しながら落ちる。鷹が地面にいる獲物に急降下して襲いかかるって感じ、それでいこう」

普段と全く違う詠唱の後、エミリアが放った魔術は驚くべきものだった。

空中に生み出された炎が鷹の形となり、エミリアが持つ杖の先端に留まる。エミリアが岩陰に隠れている『影豹』を指さすと、炎の鷹は鳴き声をあげるような仕草を見せてから飛び立った。羽ばたきながら空を翔《か》けた鷹は、通路の天井ギリギリから地面へ向かって猛然と突っ込んだ。

岩陰で爆発的に炎が上がり、火達磨《ひだるま》になった黒い影がごろごろと地面を転がる。体についた火を消そうと無駄な足掻きをしているのか、それとも苦痛から逃れたくて暴れているだけなのか。

そのどちらだったにせよ、数秒もせずに動きが止まる。そしてすぐに『影豹』だった物の残骸は消えていき、後には焼け焦げた地面ときれいな魔石だけが残った。

「素晴らしい！」

どこか幻想的な光景に思わず拍手を贈る。迷宮という危険な場所ですることではないが、どうしても言葉だけではなく行動で称賛を伝えたかったのだ。アルバートとクレアもケンに倣って控えめな拍手を贈り、ダーナは口をあんぐりと開けたままその光景を見ている。

手放しの称賛を受けたエミリアは、自分が成し遂げたことに驚き、呆然《ぼうぜん》としていた。

「今、私はケンのおかげで新たな魔術を創造することができた。これは誰にでもできることではない。まさか私が……」

「オリジナルだったのか、おめでとう。じゃあ名前付けなきゃな。あ、魔術も開発した人間が好きな名前付けて良いんだろ？」

エミリアが嬉しそうに頷き、もう決めたのだと答えた。どんな名前なのだとダーナが尋ねると、ポツリと一言。

「〈炎鷹〉」

＊

その後の探索は輪をかけて順調だった。

探索者として、そして魔術師としての殻を一つ破ったエミリアが、出てきたモンスターを片っ端から焼き払っていく。

途中、暇を持て余したアルバートが「次から弓でも持ち込むか」などと呟いていた。

ずっと洞窟が続く上層では全くの役立たずだが、確かに中層以降なら腕次第で使い物になるかもしれない。しかしこのパーティに限って言えば、エミリアの火力が高すぎるせいで無用の長物となる未来しか思い浮かばなかった。

消耗品である矢をどう確保するかを考えなければいけないし、弦が切れた時や弓自体が壊れた時にどうするかも予め考えておかなければならない。前衛を兼任するなら、モンスターが近づいてきた時に地面に放り出すことになり、余計に傷みが早くなるだろう。

アルバートならばセンスだけでなんとかするのかもしれないが、動かない的ではなく動く目標に当てようと思うなら、普通はそれなりの訓練が必要になる。そして、そこまでして弓を導入しても、遠距離火力としてはエミリアの足元にも及ばない。

本気で言ったわけではなかったようで、ケンの講評を聞いてあっさりと諦めていた。他にもなにか考えがあったらしいが、それについては聞いていない。

時々アルバートにもモンスターを割り振って適度にガス抜きをしつつ、トラブルもなく快調に進んでいった。

しかし、好事魔多しとはよく言ったものだ。

スムーズな進行とは裏腹に、ケンの中に不穏な予感がじわじわと広がり始めていた。女性三人については特に変わった様子はなかったが、アルバートの表情は冴《さ》えない。

不安が頂点に達したのは順路の途中にある大部屋のうちの一つ、通称〝豚小屋〟の近くへ来た時だった。ここはいわゆる〝モンスター部屋〟で、常に十四近いオークが屯していることで有名である。探索者の間では難所の一つに数えられ、ごく稀にオークの上位種が湧くという噂がある。

難所と言っても、もちろんそれは普通の探索者パーティにとっての話で、普通ではないアルバートたちからすればさほど警戒を要する場所ではない。

――そのはずだ。

「嫌な予感がするな」

「ああ。だんだんと近づいてきてる……いや、俺たちのほうが近づいてるのか？」

ケンの本能が盛大に危険信号を発している。探索者になってからの五年間で死にかけたことは数え切れないほどにあるが、死の淵《ふち》にいた時でさえここまで危機感を煽《あお》られはしなかった。

「原因は、間違いなくこの先の部屋にあるな」

「それは間違いない」

本音を言えばこのまま踵《きびす》を返してしまいたいが、そこに何があるのか知らずにいるのも恐ろしい。好奇心は猫をも殺すのかもしれないが、不安だって人を殺せるに違いないのだ。

「俺が偵察に行ってくるから、アルたちはここで待っててくれ」

「許可できない。行くなら全員で行く」

「いやダメだ。全員で行ったら逃げ切れない。俺一人で行くのが一番生存率が高い」

「それなら別の道を進もう。この部屋は避ける気になれば避けられるんだろ？」

「逃げてどうにかなる危険なのかを確かめたい。迂回ルートに行くのはそれからでもできる」

アルバートが逡巡《しゅんじゅん》する理由が手に取るように分かる。内心では、彼とてケンと同じことを考えているのだ。

「……分かった。注意して行ってきてくれ」

「もし、三十分待っても戻ってこなければ死んだと思って——いや、死ぬつもりはない。俺なら一人でも入り口まで戻れるのは知ってるだろ？　無駄に待ってもしょうがないから先に戻ってくれ」

大部屋から約百メートルの地点に四人を残して、ケンだけが偵察に向かう。

途中にあるほとんど直角の角を曲がった後で、ようやく部屋の出入り口が見えた。心置きなくモンスターと戦えるようにという迷宮側の配慮なのか、モンスター部屋の中は天井から発せられる光で昼間のように明るく照らされている。

部屋から漏れる光で目を眩ませないように注意しつつ、見つかりにくくなるようにできる限り姿勢を低くして、万が一にも音を立てないようにジリジリと忍び寄る。合計で十分近くもかけてようやく入り口の間際にたどり着き、モンスターに気付かれないようにそっと中を覗き込む。

まずケンの目に飛び込んできたのは、三匹のオークだった。しかも、三匹全てがオークの上位種であるオーク・ファイターという大盤振る舞いである。

粗末な腰ミノと木製の槍で武装しているだけの普通のオークと違って、オーク・ファイターは死んだ同族の皮膚から作られた革鎧を纏い、穂先が鉄で作られたまともな槍を持っている。その体躯《たいく》はノーマル・オークよりもさらに一回り大きく、技量は段違いに高い。

いや確かに、オーク・ファイターは上層に湧くモンスターの中では一、二を争うほどだが、アルバートたちと比べれば遙かに劣る。
今も感じ続けている強烈な悪寒の発生源は、断じてこの程度の小物ではない。
本当の原因を探るため、改めて部屋を見回し——

そいつと、目が合った。

第十一章　異常事態

勝手に悲鳴をあげそうになる口を両手で押さえ、持ち主の許可もなく全力で逃走しようとする足を意志の力で押《お》し止《とど》める。本能と理性がぶつかりあった衝撃で大きく体を震わせるケンを見て、そいつは声も出さずに嗤《わら》っていた。

ケンの思考をカッと熱くさせたのは、怒りか、羞恥か、それとも恐怖だろうか。別にどれでも構わない。今は全て不要なモノでしかない。

まず悲鳴をあげるために吸った息をゆっくりと吐き、止めて、吸って、吐く。

(落ち着け。冷静さをなくした時が死ぬ時だ)

そいつは間違いなくこちらの存在を認識している。暗闇の中をこそこそと嗅ぎ回るネズミがそこにいると知りながら、あえて放置しているのだ。自らは座して動かず、周囲にいる配下をけしかけることもない。

こちらが単なる斥候であると見抜き、仲間を引き連れて挑みかかるのを待っているのだろう。

(――ヤツは強者を望んでる。つまり、潰す価値すらない俺一人のうちは安全だ)

そう考えることでわずかだけ冷静さを取り戻す。安全と言っても規格外の化け物には襲われないというだけで、取り巻きどもに見つかればアウトであることに変わりはない。

戦力調査という目的を果たすため、まずは大部屋の中央に鎮座するそいつを観察する。

ただ存在するというだけで強烈な威圧感を振りまくそいつは、巨大なオークだった。地面の上に座っているので分かりにくいが、先ほど見たオーク・ファイターよりもさらに二回りは大きい。

周囲のオークどもを支配しているように見えることから、仮にオーク・リーダーと名付ける。そいつがさらに上位の存在である可能性についてはあえて考えない。

仮称オーク・リーダーの巨体は、その大部分が黒光りする金属で造られた鎧に覆われていた。着用者の権勢を誇示するかのように豪華な装飾が施されたそれは、おそらく一流の職人の手によるものだろう。オークに鎧鍛冶なんてものがいれば、の話だが。

傍らの地面に突き立てられた巨大なハルバードは、長い柄を含めた全てが金属でできているように見える。もしも全て鉄で作られていれば、十キログラムを軽く越えるのではないだろうか。

しかし他の何よりもケンの関心を引いたのは、椅子代わりにされている物体だった。

オーク・リーダーの巨体によって半ば押し潰されているそれは、ケンの見間違いでなければ探索者の——つまり人間の死体だ。ぐちゃぐちゃに絡み合っているせいで判然としないが、残っているパーツから推測するに少なくとも五人分はある。

上層の半分を大きく過ぎたこの場所まで来られるということは、探索者としてそれなり以上の実力があることを意味している。

並のパーティは〝豚小屋〟だけはどうにかして回避しようとするので、物言わぬ肉の塊となってしまった彼らは、かなり自分たちの強さに自信を持っていたのだろう。

もしかしたら、モンスター部屋を専門に狩っているパーティだったのかもしれない。モンスター部屋にいる大量のモンスターを狩るのはリスクが高いが、その分だけ稼ぎも増える。ほぼ確実にモンスターが湧いていることを考慮すれば、時間効率は抜群だろう。

(最悪パターンを想定すべきだな)

大部屋の中で壊滅しているパーティは、上層で活動する探索者の中で最高クラスであると仮定する。そして、オーク・リーダーとその取り巻きどもは、そのパーティを一捻《ひとひね》りできるだけの実力があると考えるべきだ。

それを踏まえて、これからの行動を検討する。

安全を第一に考えるなら、迷宮の入り口に引き返すか、さもなくばこのモンスター部屋を迂回して奥を目指すかだ。

目の前の部屋だけを迂回してすぐに順路に戻るルートには、いくつか心当たりがある。ただし、そのルートを最後に使ったのは二年以上も前なので、今はもう繋がっていない可能性がある。

ケンがいつも使っている迂回ルートを通る場合、ここからだと数時間分の道のりを後戻りする必要がある。ケンもアルバートたちも食料は多めに持ち込んでいるから、探索時間が一日延びても物資不足に陥る心配はないはずだ。

逃走中に背後から襲われることはないだろう。

これはオーク・リーダーの知能や性格がどうこうという話ではない。大部屋に湧くモンスターは部屋からあまり離れられなくなっているという、迷宮のシステム上の話である。もし戦闘狂のオーク・リーダーが例外的に部屋から出られるのなら、部屋の中に留まってはいなかっただろう。今日のアルバートのように、戦う相手を求めて迷宮じゅうを放浪していたに違いない。

問題はアルバートが戦うと言い出した場合だ。

うちのパーティのバトルホリックはこの一日でかなりのフラストレーションを感じていたから、絶対にないとは言い切れない。明日に備えてガス抜きをするために、わざと大部屋を通るルートを選んだわけだが、それが完全に裏目に出ている。

ケンがどれだけ強硬に反対しようが、リーダーであるアルバートが戦うと決めたのであれば他の三人はそれに従うだろう。

一人で逃げるという選択肢もないわけではないが、我が身可愛さでリーダーの決定に異を唱え、しかも仲間を見捨てたなんてことが知られれば、入れてくれるパーティは一つもなくなる。つまりゴーレムをどうにかして一人で倒すか、倒すのを諦めるしかない。

最悪なのはアルバートたちが全滅した場合だ。何をどう考えても明るい未来が見えない。

ならば、戦闘になることを前提として、どう戦えば最も勝率が高くなるかを考えよう。

普通に考えれば、ボスのオーク・リーダーにはアルバートを当てることになる。三匹のオーク・ファイターはクレア、ダーナ、ケンの三人で足止めし、エミリアの魔術で焼き払う。ザコを始末し終えたらボスを全員で拘束し、やはりエミリアの魔術で焼いてしまえばいい。

問題は、オーク・リーダーの実力が全くの未知数であることだ。

(取り巻きの排除が終わるまでアルバートが耐えてくれるなら、勝ち確定なんだけどな)

そうやってケンが悩んでいると、オーク・リーダーがおもむろに立ち上がった。地面に突き立ててあった巨大なハルバードを引き抜き、両手で構える。ついにしびれを切らして襲いかかってくるかと覚悟したが、そうはならなかった。

ハルバードを上から下へ振り下ろして手近な岩を砕いた後、動きを止めず突き、切り上げ、体を一回転させて薙ぎ払う。扱いが難しいとされる長柄武器を自在に操るその姿は、超一流の戦士と呼ぶに相応《ふさわ》しい。

(なるほど。こっちが敵の実力も測れないザコなもんで、あちらさんがご親切に教えてくださったってわけかい……舐めやがって)

相手からすれば、それは自らの技量に対する自負心の表れだったのかもしれない。だがそれは、ケンからすればわざわざ手の内を晒しただけの愚行であり、ただの慢心だ。

あまり戦士としての能力が高くないせいで、オーク・リーダーの腕前の絶対値を把握するのは難しい。だが、相対的な上下関係ならばかなり正確に判定できる自信がある。相手が自分より強いかどうか判らなければ、モンスターひしめく迷宮では生き残れない。

その磨きに磨かれた勘は「そこの豚野郎はアルバートに劣る」と言っている。アルバートから感じた底知れなさを、目の前にいるオーク・リーダーからは感じなかったからだ。

(これは勝てるな……んん⁉)

しかし、ケンの楽観的すぎる予測はあっさりと崩れ去った。

これまでオーク・リーダーの巨体のせいで死角になっていた場所から、ローブを纏った小柄なモンスターが現れたからだ。ただし、小柄と言ってもオークにしては小さいというだけで、人間と比べれば十分に大柄である。

(なんだあれ⁉　まさか魔法使いか？)

魔法を使えるオークがいるという話は聞いたことがないが、小柄で、フード付きのローブを着て顔を隠し、杖を持っているとくれば魔法使いと相場が決まっている。

仮称オーク・メイジが豚が鳴くような大声でリーダーに抗議すると、リーダーが煩《うるさ》そうに手を振って退けようとする。それでもメイジが引き下がらずになにか言い募ると、リーダーは手に持っていたハルバードを地面に放り出し、やれやれといった感じで人肉でできた椅子に腰を下ろした。

(魔法使いだとすると、ヤバイな……)

数の上ではまだ互角だが、敵に魔法使いが含まれているなら数の比較は意味がない。ケンの動揺を感じ取ったのか、オーク・リーダーがこちらを見てはっきりとした嘲笑を浮かべる。

ニタニタとした笑みを浮かべたままのオーク・リーダーが呼び声をあげると、死角になっていた場所から追加のオーク・ファイターが二匹と、真っ黒な神官衣姿のオークが一匹現れ、元々見えていたオーク・ファイター三匹と共にリーダーの前に整列する。セオリーからすれば神官衣を着ているのはオーク・プリーストで、おそらく治癒術を使えるのだろう。

自分の馬鹿さ加減に、思わず声をあげて笑ってしまいそうになる。

思わぬ強者の登場に萎縮して敵の戦力を見誤り、誤った情報を元に甘い見通しを立てる。想定外の戦力が現れて作戦を狂わされたばかりなのに、さらなる追加戦力の有無など考えもしない。

どちらが慢心していて、どちらが愚かなのか。こんなことでは見下されても当然だ。

(この礼はきっと返しに来てやるから、待っていやがれ)

今回は敵の情けに命を救われた。この恥辱は奴の血で濯《すす》がれなければならない。

仲間たちが待つ場所へ戻り、大部屋の中で見たものを余さず報告する。ケンが生還したことに微笑みを浮かべていた仲間たちの表情は、話が進むにつれてどんどんと険しくなっていった。

探索者の死体の存在、敵の戦力、オーク・リーダーの性分と推測される実力。なるべく客観的な事実を伝えるように心がけたつもりではあるが、少なからず個人的な感情が混じってしまったことは否定できない。

「迂回する」

アルバートはケンの怒りと憎悪に惑わされることなく正しい判断を下した。

感情的にはともかくとして、理性の部分ではケンにも異論がない。今いるメンバーだけで挑むのは全滅のリスクが高すぎる。

「了解した。俺としてもそうすべきだと考えている――」

しかし、それでも。

それでもなんとかして、あの豚野郎に一泡吹かせてやりたいという欲求は抑えがたい。

「――が、撤退する前に一つだけ試させてほしい。致命的な結果にならないという保証はできないから、ダメだと言われれば諦める」

一瞬だけ驚きの表情を浮かべたアルバートだったが、ケンの表情を見てニヤリと笑った。

「また、実験か？」

「もちろん」

許可するかどうか答える前に何をするか教えろ、という至極もっともなことを言われてしまったが、それに回答する前にいくつか確かめておかなければいけないことがある。

「エミー、いくつか質問がある」

「なに？」

「エミーが〈業火嵐〉を使おうとして、詠唱が終わった後、なにかの理由で発動できなかったとしたら何が起こる？　例えば、変なところに誤爆したりはしないのか？」

「何も起こらない。ただし魔術を構築するために体内から引き出した魔力は消費される」

「じゃあ、一回も見たことがない場所……例えば知らない奴の家に行って、中が見えない部屋の中で〈業火嵐〉を発動させようとしたらどうなる」

「正しいイメージが構築できないため発動しない」

「間違って部屋の外で発動してしまうようなことは？」

「私が知る限りそのような事例はない。少なくとも術者が明瞭に意識を保った状態で魔術を行使する限りにおいてはありえないものと推測される」

「二つの部屋……部屋Aと部屋Bがある。部屋Aの窓に部屋Bの室内の様子を精巧に描いた絵が貼ってあるとする。その状態で外にいる魔術師が部屋Aの中に魔術を発動させようとした場合、部屋AとBのどっちで発動する？」

「不明。そのような事例は聞いたことがない」

「エミーの予想は？」

「……部屋Aが存在する空間を目標としていることからAの室内で発動すると思われる。ただし術者が部屋Bの存在を知っているのであれば、Bで発動する可能性もゼロではないと推測する」

「ふむ……」

誤爆の可能性がゼロではないというのが気にかかるが、成功時のリターンを考えれば挑戦する価値はある。その程度は許容できるリスクだ。

「エミーの答えを総合すると、きちんとイメージさえ構築できるなら、見えてない場所を中心にして魔術を発動することもできるんだな？」

「難易度は高いが不可能ではない」

ほぼ完璧に期待しているとおりの回答が得られた。

この場にいる全員がすでにケンの目論見《もくろみ》に気付いているのだろうが、改めて宣言する。

「ここから〝豚小屋〟の中に〈業火嵐〉をぶち込んで、あの糞豚《くそぶた》野郎を丸焼きにしよう」

明確に成功するイメージを持つことこそが、成功へと向かう第一歩である。

自己啓発本の煽り文のような胡散臭《うさんくさ》い言葉だが、こと魔術に限って言えば紛れもない真理だ。逆に言えば、失敗するというイメージを持った場合は絶対に失敗するということでもあるので、気をつけなければいけない。

以前エミリアから聞いた〈業火嵐〉の射程は約五十メートル。それに対して、今いる場所から大部屋の入り口までは約百メートル。部屋の入り口からあのオーク・リーダーが座っていた場所までは約二十メートルの距離がある。

直撃を狙うのであれば、部屋の入り口から三十メートルの地点まで近づいておきたい。だが、そこまで近づいても部屋の中が見えないことには変わりない。

より確実を期すのならさらに十メートル以上進んで角を曲がらなければいけないが、そこまで近づくと、大部屋の中にいるモンスターの行動範囲の中に入ってしまうかもしれない。

「〈業火嵐〉の射程は、ここから〝豚小屋〟までの距離のちょうど半分くらいだよな?」

「それは昔の限界であって今の限界ではない。今の私ならもっと長い距離でも大丈夫」

そう答えるエミリアの表情は確信に満ちていた。

「ケンが協力してくれるならここからでも届く」

これからやろうとしているのは、視界の外で攻撃魔術を発動させるという超高難易度のミッションである。その難しさと比べれば、距離が五十メートルから百メートルに延びるくらいは誤差の範疇と言えなくもない。

「そうだな、エミーと俺のコンビなら楽勝だな」

何より本人が届くと言っているのだから、ケンがすべきは疑うことではなく信じることだ。

「ところでエミー。念のために聞くけど〝豚小屋〟には入ったことがあるんだよな？」

「前に入ったのは七ヵ月ほど前。その一ヵ月前にも入っているはず」

「オッケーオッケー。じゃあ『見た』らすぐに思い出せるな」

実はこれが一番の懸念材料だったのだが、一度でも見たことがあるなら何も問題ない。

一説によれば、人間の脳というのは過去の記憶を全て残しているらしい。忘却という現象は脳の中から記憶が消えてしまったわけではなく、思い出せなくなってしまっただけなのだと。

ならば、どうにかしてエミリアの過去の記憶を引っ張り上げてやればいい。

「これからエミーにおまじないをかける」

「魔術？」

「魔術じゃない。魔法でもなくて少し不思議な現象だ」

本当は暗示や催眠術の類なのだが、こういったものは形式こそが重要だ。

「俺が背中を叩くと、体の中からエミーの意識だけが出てくる。その透明なエミーは他の人からは見えないし何にも触れないけど、自由に歩けるし魔術を使うことだってできる」

「そんなことが？」

「できるんだ。だから透明な状態で〝豚小屋〟の中まで行って、目の前に〈業火嵐〉を撃ち込むんだ。遠くて見えない場所に撃つよりは、ずっと簡単だろ？」

もはや屁理屈にすらなっていない気もするが、無理を通せば道理になるのが魔法の世界だ。

「それじゃエミー。体に入ったまま四歩だけ歩こう」

有無を言わせずエミリアの背後に回り込み、肩に手をかける。

「イチ、ニ、サン、ヨン。それじゃエミーの意識を体の外に出すから、その前に目をつぶって……大丈夫だって。俺がナビゲートするから目をつぶってたってちゃんと分かる」

左手の掌でエミリアの目をそっと塞ぎ、形の良い耳に口を寄せてささやきかける。頭一つ分の身長差のせいで背後から覆いかぶさるような姿勢になってしまったが、気にせず抱きすくめる。

「じゃあいくぞ、はいっ――ちゃんと出られたみたいだな」

華奢な背中を右手で軽く叩くと、エミリアがびくりと体を震わせた。

「ほら、振り返ったら自分の顔が見えるだろ？　後ろでキョロキョロしてるダーナも」

「はぇっ!?」

素っ頓狂な悲鳴をあげたダーナには構わず、エミリアに語りかける。

「じゃあ前を向いて、ゆっくりで良いから歩こうか」

ケンのブーツが地面を叩くコツリコツリという音に合わせて、透明なエミリアが歩く。

五メートル、十メートル。通路が緩やかに右にカーブし始める。

二十メートル、三十メートル、四十メートル。今度は緩やかな左カーブだ。
五十、六十、七十、八十。目の前には曲がり角がある。そこを曲がると大部屋の入り口が見えるようになる。部屋の中からは明るい光が漏れていて、今までより周りがよく見える。
角を曲がってからまっすぐ二十メートルも歩けば、そこはもう〝豚小屋〟の中だ。オークどもが我が物顔で闊歩《かっぽ》しているかもしれないが、ザコに構ってやる必要はない。

狙うのはただ一匹。遮る物のない部屋の中央に鎮座している巨大な豚だ。下卑た薄笑いを浮かべているその顔をめがけて――

「全力でぶちかませ」

その後の数秒間は何も起こらなかった。ケンがやはり無理だったのかと諦めかけたその瞬間、火傷しそうなほどの熱風が正面から吹き付けてきた。

同時に、エミリアの体から力が抜けて倒れ込みそうになる。慌てて抱きかかえると、ケンの腕の中で小柄な少女は誇らしげに笑みを浮かべる。

「成功、した」

「ちゃんと見てたぞ。やっぱりエミーは最高だな！」

魔術の炎に熱せられた空気が冷めるまでしばらく待ち、それから全員で大部屋へ向かう。自分の足で立っていられないほどに疲労困憊しているエミリアをその場に残すことも考えたが、背後からモンスターが来ないという保証がないことから、全員で行くことになった。

いざとなればケンかアルバートが担いで逃げればいい。

大部屋に近づくにつれて急激に気温が上昇していく。極度の高温に晒されて燃えやすい物は全て燃え尽きてしまったのか、意外にも焦げ臭さはほとんど感じない。熱せられた岩がチリチリと小さな音を立てているが、直接触れなければなんとか耐えられる温度だ。

警戒を緩めることなく、アルバートを先頭にして大部屋の中に踏み込んだ。

驚くべきことに〈業火嵐〉の直撃を受けたはずのオーク・リーダーだけが生き残っている。もちろん無傷というわけではなく、豪華な装飾を施されていた金属鎧は無残に焼け焦げ、露出した皮膚の大部分は真っ黒に炭化している。

見るからに死の淵にありながら、自らの両足でしっかりと立ち、両腕で得物を構え、その目は戦意に満ちている。敵ながら天晴《あっぱれ》とでも言ってやるべきだろうか。

「いいザマだな焼豚野郎。敵を甘く見るとどうなるか、お前も解ってくれただろ？」

オークに対して人間の言葉が通じるはずもないが、声に込められた嘲りを感じ取ったのだろう。

ケンを睨みつける視線が一段と険しくなる。

「俺としては、元気なアンタと一対一で戦ってみたくはあったんだが……うちの参謀サマが許してくれそうにない。運が悪かったと思って諦めてくれ」

「こっちはお前みたいに油断なんかしてやらん。確実に、全力で息の根を止めてやるよ」

「俺が正面に行く。エミーは大人しくしてろ。クレアはエミーの護衛で、ダーナは距離をとって援護。ケンは……まあ好きにしてくれ」

憤怒《ふんぬ》の形相を浮かべるオーク・リーダーの咆哮《ほうこう》を合図に、戦闘が始まった。

真っ先に動いたのはもちろんアルバートだ。両手に持ったクレイモアの刃を煌《きら》めかせながら、真正面から全速で突っ込んでいく。

対するオーク・リーダーはわずかに腰を落として迎撃態勢をとり、完璧なタイミングでハルバードによる横薙ぎの一撃を放つ。しかし、懐に入れまいとする意図が見え見えなその一撃は、アルバートがほんの一瞬だけ速度を緩めたことで空を切った。

次の瞬間に巨大オークの懐に潜り込んだアルバートは、側面に回り込みながら頑丈な鎧に守られていない膝の裏を斬りつける。巨大オークが一撃食らうことを覚悟の上で反撃を試みても、すでにアルバートは武器の届かない場所へ離脱済みだ。

巨大オークが攻撃を仕掛けるために踏み出そうとすれば、絶妙なタイミングでダーナの投げた小石が顔をかすめる。それによって生まれた一瞬の隙を逃さず、アルバートが装甲の薄い場所を斬りつける。巨大オークの鋼鉄のように頑丈な皮膚が切り裂かれ、鮮血を迸《ほとばし》らせた。

アルバートを牽制するためにハルバードを前に突き出せば、今度は音もなく忍び寄ったケンが膝の裏を殴りつける。〈重量増加〉によって衝撃力を増したメイスの一撃は予想以上に重く、巨大オークは姿勢を崩してしまう。

アルバートが放った首狙いの一撃はなんとかハルバードの柄で受け止めるが、反撃できるだけの余裕はない。背後からの小突くような打撃は痛くも痒くもないが、苛立《いらだ》ちは増していく。

主力であるアルバートはいったん諦め、小うるさいケンやダーナにターゲットを移すと、途端に距離をとるように動かれるので追いきれない。アルバートを狙うふりをして上手くおびき寄せ、必殺の確信と共に放った攻撃は、飛び込んできたアルバートの剣でいなされた。

やがて巨大オークは気付く。顔めがけて飛んでくる石もメイスの攻撃も、うっとうしいだけで実は全くダメージになっていないことに。恐ろしいのはクレイモアによる攻撃だけなのだから、他の二人は完全に無視してしまっても構わない。

アルバートへ全神経を集中させた次の瞬間、投擲用のナイフが眼球に突き刺さった。

予想外の事態に完全に動きが止まった巨大オークの右膝をメイスの一撃が砕き、クレイモアが手甲ごと左手首を斬り飛ばした。

*

圧倒的に優位な状況にありながらいささかも緩みを見せない好敵手を前に、片目、片手、片脚までをも失った彼は敗北を悟り、死を覚悟するしかなかった。

姿を見た時から薄々と、一度武器を振るわれてからはっきりと思い知らされたが、両手剣を操る戦士の技量は素晴らしいものだった。目では捉えきれないほどの速度で動き、鋼鉄以上の強度を誇るはずの己の皮膚を易々《やすやす》と切り裂くその腕前は、尋常のものではない。

仮に自分が万全の状態だとしても、一対一では負けを覚悟しなければならなかっただろう。

だからこそ残念だった。

あの役立たずの子分どもが生き残っていれば、周囲を飛び回る羽虫どもの相手をさせて、己は心ゆくまでこの戦士と死合《しあ》えたものを。

せめて、命尽きる前に一矢報いよう。この戦士に己の存在を刻みつけてやろう。

首を狙った横薙ぎの一撃に対し、満足に振れなくなったハルバードを捨てて右手を盾にする。相手の刃を腕に食い込ませることで封じ、手首のない左手で殴り飛ばそうとするが――

無念。

剣を振り切った戦士の姿と、首から上を失って崩れ落ちる己の体を宙から見下ろしながら、彼の短い生涯は幕を閉じた。

第十二章　日常への回帰

アルバートに首を斬り飛ばされたオーク・リーダーは、断末魔の声もあげずに事切れた。

くるくると回りながら宙を飛んだ豚の頭が地面に落ちると、ほぼ同時に死体の分解が始まる。後に残ったのは大きな魔石と、正体不明の光沢のある球体だった。

オーク・リーダーから得られた魔石は、これまでにケンが獲得したことのある最大の魔石よりも、さらに数倍は大きい。アルバートたちにとっても断トツの記録だったようだ。

黒い球体についてもオーク・リーダーのドロップアイテムということで間違いないのだろうが、さてそれでは何なのかという問いに対しては誰も答えを持たない。

迷宮で得られるドロップアイテムといえば、倒したモンスターが所持していた武具や肉体の一部というのが相場である。しかし武器には見えないし、まさかオークの体の中にこんな器官があるとも思えなかった。

黒い球体に直接触れないように拾い上げ、念のために〈魔力遮断〉の布で作られた小袋に入れて保管する。迷宮から出た後でどこかに鑑定してもらう必要があるかもしれない。

その後エミリア以外の四人で大部屋の中を歩きまわり、合計で十一個の魔石を見つけた。その全てが、上層のモンスターから得られる魔石としてはかなり上等な部類だった。

ケンが偵察した時に部屋にいたのは、ファイター五匹、メイジ一匹、プリースト一匹の合計七匹だったはずなので数が合わない。おそらくは過去に倒された分の回収漏れなのだろうが、もしかしたらここで屍《しかばね》を晒していた探索者たちが倒した分なのかもしれない。

どちらにせよ「迷宮の地面に落ちている魔石は拾った奴の物」というのが探索者のルールなので、ケンたちが貰ってしまったところでどこからも文句は出ないはずだ。

他に目ぼしい物は見つからなかった。エミリアが発動した極大の〈業火嵐〉で燃えやすいものは全て燃え尽きてしまったらしく、人間の死体どころか血痕の一つさえ残っていない。武器や鎧の一部だったと思われる溶けて変形した金属塊はいくつも見つかったが、重量に比べて価値が低すぎて回収する気にもなれない。

一通り見終えたあとは、戦闘の邪魔になるために通路に置いてきた荷物を回収しに戻る。消耗しているエミリアのために長めの休憩を取りたいところだったが、彼女には今日の夜営場所に着くまで我慢してもらわなければいけない。

大部屋の中にいるモンスターが倒された後、次にモンスターが湧くまでには最低でも二時間ほど間があるらしい。それでも何が起こるかわからないのが迷宮であるからして、危険な場所からはさっさと離れてしまいたい。

それに今はなんの痕跡も残っていないと言っても、つい十分ほど前までは大量の死体が転がっていた場所だから、なおさら長居はしたくない。迷宮の中で人間が死んでいない場所はないから、百パーセント気分だけの問題なのだけれど。

回収したバックパックを背負って先に進もうとしたところで、ふと気付いて岩陰を探してみた。すると、思ったとおりに誰かが残していった荷物を見つけた。まあ「誰か」と言っても、十中八九はもうこの世にいない探索者たちの持ち物なのだが。

放置されていたバックパックの数は八つ。壊滅したパーティは八人構成だったのだろうか。念のために罠の有無を確認した後に荷物を漁《あさ》る。食料、水、小型のナイフ、寝具などは当然として、他にも薬草を磨《す》り潰《つぶ》して作られた軟膏《なんこう》や、高価な〈治療〉薬の入った小瓶、多少の現金が入った財布、ここまでの道中に得たと思われる魔石が見つかった。

これまた「迷宮の中で見つけた持ち主不明の荷物は好きにしていい」という不文律に従い、魔法薬と魔石と現金はありがたくいただいた。食料と水は十分に残っているので手を付けない。

個人の資金を預かってくれるような銀行が存在しないため、全財産を宝石や貴金属に替えて、それらを全て身に着けて迷宮に潜る探索者も珍しくはないのだが、この荷物の持ち主たちはそうではなかったようだ。エミリアの〈業火嵐〉で全て蒸発してしまっただけかもしれないが。

彼らは迷宮管理局が発行する〈転移〉門の利用登録証を持っていなかったので、八つの荷物からそれぞれ一つずつ、特徴がありそうな道具を持ち帰ってみることにする。

それなりに実力のあるパーティだったはずなので、地上で調べれば誰だったか分かるかもしれない。知り合いや遺族に形見として渡せば感謝と謝礼が貰えるかもしれないし、そうでなかったとしてもすでに故人からの謝礼は勝手に受け取っている。

ちなみに、モンスター部屋を通り過ぎた後でも岩陰を探ってみたが、何も見つからなかった。

一人だけ先行させて偵察することはせず、五人で固まって進む。エミリアの体調を気遣いつつ休憩に適した場所を探していると、三つ目の分かれ道に差し掛かったところで、ケンの鼻が嗅ぎ慣れた香りを感じた。

「ちょうどいい夜営場所が見つかったな。この辺にもいたんだな」

「へっ？　何がいたんですか？」

「いや、そっちの道に『安眠草』がいるだろ」

「安眠草って、迷宮の中に薬草が生えてるんですか？」

「知らなかったのか……まあ、説明するよりも実際に見たほうが早いだろ」

横道の方に進路を変え、数十メートルの突き当たり部分にあった小部屋に入ってみると、ケンの予想どおり壁際にうねうねと踊る『安眠草』がいる。

「えっと……不気味な動く草があるんですけど、本当にここで大丈夫なんですか？」

「不気味とか言うな。あれでいてなかなか可愛げのあるやつなんだぞ」

アルバートたちは『安眠草』を見たことがあっても、能力については知らなかったようだ。ケンがモンスターを遠ざける能力があることと、傷つけられると逆に大量のモンスターを呼び寄せることを説明し、だから絶対に傷つけるなと厳重に釘《くぎ》を刺した。

「し、知りませんでした……」

「このへんも本には書いてないからな。個人的にはかなり良い研究対象だと思うんだけど」

もし、モンスターを寄せ付けなくする原理が解明されれば、いろいろなことに利用できるのではないだろうか。しかし迷宮研究者と呼ばれる人々は、迷宮全体のことに興味はあっても個々の事例にはあまり興味を示さないらしい。

「そんなわけだから、今日の夜営場所はここで良いだろ？」

「そうですね、分かりました」

無事に了解を得られた後、手分けして夜営の準備を進める。ただし、本日のMVPであるエミリアは、大魔術を使ったことによる魔力と体力の消耗が激しいために作業を免除された。

ダーナが作った夕食を腹に収めたことで、ようやく緊張が解ける。

食事中の話題を独占したのは、やはりオーク・リーダーだった。

魔石の大きさを見て予想はできていたことだが、あの巨大なオークはこれまでにアルバートが戦ったことのあるどんなモンスターよりも、飛び抜けて強かったようだ。

彼らは二ヵ月ほど前、中層を探索中に大鬼人族《オーガ》が率いるレッサー・オーガの群れと遭遇したらしいが、その時に見たオーガと比べても二段階は上というのがアルバートの見立てだった。

ただし、オーガとの遭遇は見通しの良い平原地帯だったため、今日やったようにエミリアがまず〈業火嵐〉を群れの中央に撃ち込んだそうだ。その余波で瀕死《ひんし》になったオーガが相手だったため、正確なところは判らないという注釈が付いていた。

ちなみに、ここで言っている「二段階」というのは、慣用句的な「一枚上手」「一段上」という意味ではない。ゲーム的な表現をすれば「上位種」や「上級職」というのが近い。

ゴブリンで言えば一段階上がゴブリン・ファイターやゴブリン・アーチャーで、二段階上がゴブリン・リーダーとなる。

どんなモンスターでも、段階が違えば桁違いに強さが変わる。

例えば、普通のゴブリンが相手なら、一対一で負けるのは戦士失格の烙印《らくいん》を押されるほどの恥となる。しかし、ゴブリン・ファイターが相手となると、並の戦士でも百戦百勝とはいかない。油断すれば不覚をとる可能性は少なくない。

ゴブリン・リーダーの場合、個体としての強さはゴブリン・ファイターと大差ないが、下位種を統率して意のままに操るという特殊能力がある。

たかがゴブリンと侮るなかれ。普通のゴブリンだけなら十匹いようと二十匹いようと烏合《うごう》の衆だが、ゴブリン・リーダーに率いられたゴブリンの群れは恐るべき兵士となる。新人探索者のパーティと同数でぶつかれば、負けるのは間違いなく探索者のほうだ。

先ほどのアルバートの言葉を言い換えれば「レッサー・オーガの一段階上のモンスターであるオーガと比べても、さらに二段階は上」となる。

確かに、エミリアの全魔力をつぎ込んだ〈業火嵐〉が直撃してもまともに動けたのだから、オーク・ファイターの一段階や二段階上という程度では収まらないだろう。

しかし、迷宮がそんな場違いに強力なモンスターを出すだろうか、とケンは疑問に思う。

この世界に生まれ育った人は大半が「そういうもの」としてあまり深く考えないようだが、世界各地に点在する迷宮は明らかに人間の存在を意識して作られている。

入り口の近くには弱いモンスターしか出ず、奥に行くにつれてだんだん強くなっていくというのもそうだが、モンスターを倒した後に残される魔石や、稀に見つかる宝箱といったものも、明らかに人間のためにわざわざ用意されたものだ。

研究者の中には「餌である人間を誘い込むために変化した結果としてそうなった」という主張もあるし、人間を誘い込めない迷宮が淘汰《とうた》された結果として人間が入りやすい迷宮ばかりになったという説も、一応は理屈が通っているように思える。

しかし、人間を誘い込むのが目的ではなく手段だったとして、ならば「何が目的で誘い込んでいるのか」という疑問の答えは誰も持っていない。それに、安全に休息を取るための『安眠草』や、一気に迷宮の途中まで行けてしまう〈転移〉門が用意されていることの説明が付かない。

(考えれば考えるほど不思議な存在だよな、迷宮って)

ふと、一つの疑問が浮かぶ。

あの〝豚小屋〟で壊滅していたパーティは、どうして凶悪極まりないボスモンスターが待つ部屋へ踏み込んだのだろうか。アルバートやケンほどに勘が鋭くなくとも、一目見れば格が違うことはすぐに分かる。上層の後半まで到達できるパーティの全員が、その程度のことに気付かないほどのボンクラ揃《ぞろ》いとは思えない。

慣れのせいで偵察を怠ったのだろうか。その可能性もあるが、勝てないと分かった瞬間に一目散に逃げ出していれば、全滅なんて事態はそうそう起こらないはずだ。

もしかしたら、探索者たちはオーク・リーダーに挑んだのではなく、普通のオークが探索者を全滅させたことによって、オーク・リーダーへとランクアップしたのかもしれない。

迷宮のモンスターが経験を積むことによってランクアップするという噂がある。

探索者の大半からは眉唾と思われているが、モンスターが経験を積むことによって強くなるということについては、多くの探索者が実感しているはずだ。新人探索者がただのゴブリンと甘く見てかかり、経験を積んだゴブリンに思わぬ苦戦を強いられた、なんて話は年に何度もある。

ランクアップというのはその果てにあるとされる現象で、レベルアップを繰り返すことで上位モンスターに進化できるのだという、都市伝説ならぬ迷宮伝説である。

この伝説の最たるものは、大昔に別の大陸に存在したとされるゴブリン王国の逸話だろう。

その地に今は滅びた国があり、ゴブリンばかりが湧くゴブリン洞穴という名の放置された迷宮があった。迷宮の中にゴブリンがあふれ、同士討ちによってランクアップを繰り返した結果、ゴブリン・キングが生まれたとされる。ゴブリン・キングが迷宮にいる全てのゴブリンを率いて人間の国を攻め滅ぼし、ゴブリンが支配する王国を打ち立てた――というものだ。

しかし、迷宮に湧いたモンスターは絶対に迷宮から出ようとしないし、無理矢理連れ出した場合は数時間から数日で衰弱死してしまうので、全く信じられていない。

それはそれとして、仮に戦闘狂のオーク・リーダーが配下のオークどもを足止めに専念させ、リーダーだけが大量の探索者を殺したとすれば、もしかしたらランクアップするのかもしれない。

しかし、上層の奥まで行けるようなパーティが大量に未帰還となれば、必ず噂になる。ケンたちが迷宮に入った昨日の時点で全く噂になっていないのだから、オーク・リーダーが出現したのはこ数日のうちであるはずだ。

黒砂糖の欠片を『安眠草』に一つずつ渡してやりながら、ケンは答えの出ない問題についてつらつらと考えていた。

すると、喜びの舞を披露する『安眠草』に興味を引かれたエミリアが隣にやってきた。エミリアに黒砂糖の塊を渡すと、エミリアが『安眠草』に黒砂糖の欠片をやり始めた。エミリアが嬉しそうにしている姿を見て癒やされつつ、迷宮探索二日目の夜は更けていく。

*

翌日、迷宮探索の三日目。道中において特筆すべき事件はない。

二日目と同じ要領でダーナ一人が先行して偵察を行い、どうしても回避できないモンスターについてはエミリアの魔術で焼き払い、そしてアルバートが鬱憤を溜める。

途中でモンスター部屋に入ったが、前日のように凶悪なモンスターが待っているなんて事件はそうそう起こるものではない。

中にいたゴブリン・リーダー率いるゴブリン十四の群れは、リーダーを含む半数以上がクレイモアによって首を刎《は》ねられた。残りもロング・ソードで袈裟《けさ》懸けに切られたり、槍で眼窩《がんか》から脳を貫かれたり、メイスで頭蓋骨を砕かれたり、射撃魔術の標的になったりしてそれぞれ天に昇った。

アルバートの欲求不満が少しでも解消されればと考えて、エミリアの魔術でまとめて焼き払うのではなく普通に戦ったのだが、物足りなすぎて却ってストレスを溜める結果となったようだ。

戦闘狂の精神状態についてはさておき、探索そのものは極めて順調である。昼過ぎ頃には迷宮上層と中層の境目、第一〈転移〉門の門番がいる部屋へと続く扉の前に無事に到着した。

精緻な装飾が施された鉄の扉を眺めながら、昼食時間も兼ねた少し長めの休憩をとる。食事中の話題はもちろん、この後すぐに戦うことになる門番のロック・ゴーレムについてである。

ケンもアルバートたちも一度見たきりなので、戦術の確認も兼ねて情報を整理しよう。

ロック・ゴーレムは高さ約三メートルの岩製の動く人形で、防御力が高い上に自己修復機能まで備えている。つまり、一定以上の火力がなければ永久に倒すことができない。

しかし耐久力が極めて高く設定されている反面、攻撃力は低い。重量のある手足を用いた攻撃はそれなりに強力ではあるものの、いかんせん速度がなくて当たらない。

ゴーレムの行動パターンは「自分に最も近い標的を殴り続ける」という単純極まりない代物で、同じ状況を作れば必ず同じ攻撃が飛んでくる。フェイントもかけないのでますます当たらない。

これはおそらく、このロック・ゴーレムを破壊できる程度の能力を持っていなければ、中層の探索は許可できないという迷宮からの意思表示なのだろう。しかし、ゴーレムを倒せたところで、中層の探索がこなせるという保証にはならないので、あまり意味のないテストではないだろうか。

ちなみに、このゴーレムには「体のどこかに刻まれた文字を削ることで動きを止める」というパターンは通用しない。ここで要求されるのは知恵ではなく純粋な力だからだろう。

対個人と対パーティでは行動パターンや速度が変化する可能性もあると考えて詳しく確認してみたが、アルバートたちの話を聞く限りではそういうことはないようだ。仲間を集めるのも探索者としての能力のうち、ということだろうか。

情報交換はあっけなく終了し、その後は思い出話に花が咲いていた。

アルバートたちも初回の挑戦ではかなり苦労したようだ。門番がロック・ゴーレムであるという情報は仕入れていたが、倒すための準備が全く足りておらず、ゴーレムが動き始めてから〈転移〉門を使って迷宮の外に出るまでに、優に一時間はかかったらしい。

アルバートはその技量と魔剣のおかげで大抵の物は斬ってしまえるのだが、クレアとダーナはそうもいかない。血も涙もない岩の塊に対して剣と槍はすこぶる相性が悪く、彼女たちは囮《おとり》になる以外のことができなかった。

結局、クレアとダーナの二人が交代でゴーレムの正面に立ってゴーレムの攻撃を引き付け、背後からアルバートがひたすら斬りつけ、エミリアが魔法を使って攻撃するという戦法で少しずつダメージを蓄積させていったようだ。

以前のエミリアは射撃系の魔術を命中させる自信がなかったせいで、いつも範囲攻撃系の魔術を使用していた。だから魔法を発動する際は前衛が一時退避しなければならず、その制約のせいで魔術を発動する間隔が長くなる。当然、魔術を発動する前後はアルバートが攻撃できないため、徐々にゴーレムが修復されていき、さらに戦闘が長引くという悪循環に陥ってしまったようだ。

「だから、今回はちゃんと準備してきたんですよ！」

ダーナが自分のバックパックから取り出したのは、大きな金槌《かなづち》の頭だった。

「どうやって使うんだ？」

「これを槍の石突きのほうに固定してですね。あっ……これ、槍の柄に穴が空いちゃう……」

「……諦めろ」

ダーナは即席のウォー・ハンマーで戦うようだ。耐久性には難がありそうではあるが、戦闘一回分なら十分保つだろうし、動きの遅いゴーレムになら慣れない武器でも当てられるだろう。

クレアは奇をてらわずに、持ち込んだメイスを使うとのことだった。両者ともにメイン・ウェポンと同じ間合いで戦える武器を選択している。

「じゃ、そろそろ行くか……やっと全力が出せそうだ」

十分な食休みをとった後で、いよいよ門番との戦いに突入する。

〈転移〉門が設置されている部屋に入り、扉を閉じる。この時点で一度も〈転移〉門を通ったことのない人間が部屋の中にいれば、門番であるロック・ゴーレムが起動する。もし、全員が通ったことがあれば、その時点で〈転移〉門が通行可能になるようだ。

結果から言うと、ロック・ゴーレムは特に盛り上がりもなくあっさりと破壊された。

準備不足でも勝ってしまうようなパーティが準備万端で再挑戦するのだから、やる前から見えていた結末ではある。

アルバートの技は以前よりも冴えているし、前回は全くダメージを与えられなかったクレアとダーナの攻撃も通じるようになった。エミリアの攻撃魔術は前衛がいてもお構いなしに次々と打ち込まれ、おまけのおまけでケンもいる。

今回の軸となったのはエミリアだ。ケンのアドバイスを受けて〈火球〉や〈風刃〉のようなどちらかと言うと生物向けの攻撃魔術ではなく、範囲を狭めた〈強風〉を四肢の先端に当ててバランスを崩させたり、威力を高めた〈風槌《ふうつい》〉で頭部を砕いたりと獅子《しし》奮迅の大活躍だった。

自己修復機能も加味すれば辛《かろ》うじて耐久力だけはオーク・リーダーより上だが、それ以外については比べるのも馬鹿馬鹿しいレベルでロック・ゴーレムのほうが劣っている。

そんな相手に苦戦しようがなく、十分とかからず戦いは終わった。戦闘前の休憩時間のほうがよっぽど長かったという有様《ありさま》である。アルバートが物足りなそうな表情を浮かべているので、パーティメンバーの皆さまはどうにかして鎮めてあげてほしい。

こうして、ケンの四年ぶりの集団行動は終了と相成った。

エピローグ

メデタシメデタシ――では終わらなかった。

門番のロック・ゴーレムを倒した後、戦利品の分配を済ませてから〈転移〉門を通って地上へと戻ったケンを待ち受けていたのは、迷宮管理局の職員による聴取である。いや、聴取ではなく尋問と言ったほうが正確な表現かもしれない。犯罪者でももう少しプライバシーに配慮されてるのではないかというくらい、あいつらは執拗《しつよう》に個人情報を暴こうとしてくるのだ。

「その質問に答える義務があるのですか？」

「いいえ、義務ではございません。しかしながら、円滑なサポートを提供するためでございますので、皆さまにお答えいただいております」

「その『皆さま』というのは全員という意味ですか。イエスかノーで答えてください」

「全員という意味ではございませんが、皆さまお答えくださいます」

「では言いません」

「左様でございますか。それでは次に――」

似たようなくだりが何度繰り返されたかについてはもう数えていない。

話には聞いていたが、実際に聴取を受けてみると想像以上だった。質問に対して正直に全部答えればすぐに終わるかと思っていたが、どうしても答えられない質問がある上に、担当者の慇懃無礼《いんぎんぶれい》を絵に書いたような態度にだんだん我慢ができなくなってきた。

わざと怒らせることで本性を暴くのが目的だったとすれば、この上なく成功していると言えるだろう。この方法を考案した方にはぜひお礼を差し上げたいので、住所氏名と帰宅経路をケンイチロウまでお知らせください。月のない夜に背後からのサプライズをお届けに上がります。

「そろそろ帰らせてもらいたいんですがねぇ」

「申し訳ございません。通行証がお渡しできるようになるまで、しばらくお待ちくださいませ」

「知ってのとおり探索から戻ってきたばかりで疲れてるんで、すぐにでも寝たいんですよね……」

「それでしたら、あちらに仮眠室がございます。探索者の皆さまでもご利用になれますので、よろしければ案内させていただきます」

「ああ、腹が減ったなー」

「食事のご用意も承っておりますので、よろしければお申し付けください」

笑わせようとしても、怒ってみせても、脅しても、泣き落としても、挑発しても、駄々をこねても全く効果はなかった。常ににこやかな笑みを浮かべて一歩も引こうとしない聴取担当者の女性を見ていると、だんだん怖くなってくる。なにしろ全く目が笑っていないのだ。

好きな異性のタイプを聞かれた時に、冗談めかして「貴女のような女性ですよ」と答えてみたのだが、眉一つ動かさずに「左様ですか」と言われて発言を記録された。あの時に目の前の女性が一瞬垣間見せた絶対零度の視線は、思い出しただけでも凍えるほどの恐怖を感じる。

「はぁ……一つ、伺わせていただきたいのですが」

「はい、何でもお聞きください」

「どうすれば帰らせてもらえるんですか？　必要とあらば大概のことはするつもりですが」

女性の瞳がギラリと光る。

「それではぜひ、私の質問にお答えくださいませ」

――探索者ケンイチロウの戦いはこれからだ！

＊

アルバートは一人、教会の修練場で剣を振っていた。

一人で居ることを望んだわけではない。彼自身としては周りに誰がいようと全く気にしないし、もし手合わせを求められれば喜んで応じる。剣を見せろと言われても、教えろと言われてもけして嫌とは言わないのに、彼が剣を振り始めると誰も彼もがどこかへ去っていく。

恐れられているのか、それとも嫌われているのかは知らないし、興味もない。

やりたければやって、やりたくなければやらないというのが彼の行動理念であり、自身の自由が侵されない限りは積極的に他人の自由に干渉するつもりはないからだ。

言いたいことがあるなら、クレアのように面と向かって言ってくればいい。言われた通りにするという約束はしないけれど、聞くだけは聞くし、そうすべきだと思えば助言に従うのも吝かではない。そんな態度のせいで孤高を気取っていると言われたり、傲慢と言われたりしているのは承知しているが、だからといって考えを変えることはない。変える必要があるなんて思いもしない。

いつの頃からか、アルバートの修練は一人きりで行われるのが常となっていたが、彼くらいの腕前があれば稽古相手には不自由しない。今は亡き剣の師匠や、各々の故郷で剣の道場を営んでいるであろう兄弟子たち。それ以外にも、過去に戦った強者どもの幻影を自在に呼べるからだ。

ここ最近のお気に入りは、最も新しく稽古相手の列に加わった一匹のオークである。

先日、迷宮で出遭ったあの巨大オークはとんでもない強敵だった。パーティメンバーたちはなぜか圧勝だったと感じているらしいが、実際には薄氷の勝利もいいところだ。瀕死の状態であれほどの技の冴えを見せていたのだから、もしも相手が万全の状態なら屍となっていたのはこちら側だっただろう。

巨大オークはただ強いだけではなく、師匠や兄弟子たちとは強さの質が全く異なっている。それだけに工夫のしがいがあり、戦っていて面白い。

面白いと言えば、この前一緒に迷宮に入った男もかなり面白い奴だった。奇っ怪な装備、奇妙な行動、奇抜な戦術を次々と見せられて飽きる暇がない。全く彼好みではないやり方だったが、有効性は認めざるをえなかった。

あの男には四日間のうちに数え切れないほど笑わせられたが、最も傑作だったのはあの男が自分を普通の人間だと思いこんでいたところだった。こっちのことを散々変わり者扱いしてくれたが、五人の中で一番変わっているのは誰が見てもお前だろうと言ってやりたかった。

結局言わずじまいだったが、別に二度と会えないわけじゃない。今度会ったときにでも言ってやろうと考えて、アルバートはニヤニヤとした笑みを浮かべる。


猫人族のダーナは、宿の自室で太陽の光を全身に浴びながら自身の毛繕いをしていた。

ゴロゴロと喉を鳴らすほどに上機嫌な彼女というのは、実はとんでもなく珍しい。臆病でしかも心配性である彼女の心に不安の種が一つも蒔《ま》かれていないというのは、物心付いてからは初めてかもしれなかった。

彼女はふと、故郷のことを思い出していた。今の自分ならあそこでも上手くやっていけるんじゃないか、と思う。

天性の楽天家ばかりの猫人族の集落にいた時、ダーナはいつも孤独を感じていた。実際に疎外されたわけではないのに、どうにも居心地が悪かったのだ。生まれ故郷に馴染めないというのもおかしな話だけれど、実際にそうだったのだから仕方がない。

集落全体が一つの家族のようなものだったから、彼女が落ち込んだり悲しんだりしていると誰かが慰めにやってきてくれる。それがありがたくもあり、申し訳なくもあり、煩わしくもあった。

だから彼女は、独り立ちが許される年齢になるとすぐに冒険者となった。

集落の中で変わり者だった彼女は、集落の外でも相変わらずの変わり者ではあったが、他にも変わり者がたくさんいたから前ほど目立つ存在ではなくなった。周りの人と違う部分があっても、人種も違うし生まれ故郷も違うのだから、別におかしいことではないのだと思えるようになった。

その後運命のいたずらでアルバートと知り合いになり、誘われて一緒に旅をするようになり、最終的にエミリアを加えた四人でパーティを組んで探索者をやるようになった。

他の仲間が変わり者ばかりなのでそれについては気にする必要がなくなったのだが、別の部分で気苦労が絶えなくなってしまったのは、とんでもない誤算だったかもしれない。

けれど彼女は仲間に対して弱音を吐けなかった。図太い神経を持っている他の三人とは違って自分だけが小心者というのが恥ずかしかったし、仲間に見捨てられるのが怖かったからだ。

けれど同じ探索者であるケンに出会い、一緒に探索をして少しだけ考え方が変わった。

あの彼は変わり者であることについて全く恥じる様子を見せなかったばかりか、ダーナとは違った意味で心配性で臆病者なのに、それを隠そうとするどころかむしろ誇らしげに宣言した上で、しかも肯定するという豪快さを見せたのだ。

だから彼女も、必要以上に心配するのを止めた。仲間がどう反応するか実は少しだけ不安だったのだけれど、むしろ信頼の証であると受け取ってくれたようだ。

きっかけを作ってくれた彼には感謝してもしきれない。今度、なにかの機会があれば必ずお礼をしたいと思っている。

エミリアは、魔術師ギルドにある訓練部屋の一つで新たな魔術の習得に励んでいた。

魔術の師匠ではなく同門の先輩に魔術を教えてほしいと頭を下げたことで驚かれ、教わりたいと言ったのが攻撃魔術ではなかったということでさらに驚かれた。

親しい人以外にはあまり知られていないことだが、実は派手派手しいものが好きだった。

だから見た目に分かりやすくて目立つ火属性や風属性の攻撃魔術は熱心に学んだのに、どちらかと言えば地味な水属性や土属性はおろそかにしていたし、効果が分かりにくくて目立たない補助魔法についてはどれだけ小言を言われても真剣に学ぼうとしなかった。

しかし、この前の迷宮探索から教訓を得て、彼女は少しだけ考えを改めた。

魔術師でもないくせに、やたらと魔術について詳しい男に「やらないのとできないのは違う」と指摘されて、ぐうの音も出なかったせいでもある。

知らず知らずのうちに慢心していた、と彼女は自省する。一門の中で火属性攻撃魔術の腕前について彼女の右に出る者は師匠以外におらず、その師匠ですらあと十年以内に追い抜けるという確信を持つに至っていたから、それ以上新しいなにかを学ぶ必要性は微塵も感じていなかった。

苦手属性があったり、体力が少ないのは迷宮探索者としての弱点ではあるが、それを補って余りあるだけの実力があると勘違いしていたのだ。

しかし彼によって、自分が魔術の本質を見誤っていたことを思い知らされた。このまま経験を積んでいけば魔術の深奥にたどり着ける、なんて思い上がっていた過去の自分が恥ずかしい。だから今は補助系魔術を基礎の基礎から学び直している。やる前は全く気が進まなかったのだけれど、実際にやってみるとこれはこれで面白い。

エミリア以上の攻撃魔術バカである師匠には「日和ったのか」とか「オレを超える魔術師を目指すと言ったのは嘘だったのか」なんてさんざんに文句を言われたけれど、彼女自身が開発した〈炎鷹〉を披露することで黙らせた。

師匠を超える弟子などいない、なんてことを叫びながら躍起になって真似をしようとしていたから、しばらくはこちらに構っている暇がないだろう。

師匠が彼女に頭を下げて教えを請うのはいつだろうと心待ちにしながら、心の中で密かに好敵手と認めた男に落胆されないように、彼女は努力を重ねていく。

神官のクレアは、秩序神教会の礼拝所で自らの神に祈りを捧げていた。

正確には祈りというよりも秩序神ジョザイア様への報告と言ったほうが近いだろうか。内容はいつも、彼女が教え導かねばならない存在であるアルバートについてだ。

よく、彼女がアルバートに対して恋愛感情を抱いているのではないかと邪推されるが、好意ではあっても断じて恋心ではない。アルバートに対して抱いている感情が恋心というならば、彼女は秩序神様や教会に恋をしていることになってしまう。

それはそれとして、今回は久しぶりにアルバートの成長について報告できるという、とても喜ばしい日だった。勇敢さと無謀さを履き違えている節のあった彼が、少しずつ思慮深さを身に付け始めているという朗報は、さぞかしジョザイア様を満足させたことだろう。

幼い頃はとても素直だったアルバートも年を経て成長するごとに我が強くなり、最近では彼女の言うことをぜんぜん聞いてくれなくて苦労していたのだが、少しだけ肩の荷が下りた気分だ。

成長のきっかけはやはりこの間の探索中の出来事——というよりも、あの不思議な男と関わったおかげだろう。彼女自身がそれを為《な》せなかったことに忸怩たる思いがないではないが、それよりもアルバートが成長したことに対する喜びのほうが優《まさ》る。

実は、彼女個人としては依頼を請けることに全く乗り気ではなかった。

あの男のことは一目見て胡散臭いと感じていたし、つまらない依頼を請けてもアルバートのためになるとは思えなかったからだ。しかしあの控えめなダーナが珍しく強硬に主張し、アルバートも是認する姿勢をとったために積極的な反対は控えた。

迷宮の中である程度の時間を共に過ごし、あの男が悪人でないことは分かったが、変な男であるという印象はますます強まった。

しかし奇人でも変人でも同じ人間なのだし、功績についての評価は人格から切り離さなければいけない。秩序神の神官として恩知らずと指弾されるような行動は絶対に許されない。

さてどんな〝お礼〟をしてやろうかと考えながら、祈りを終えた彼女は神の僕《しもべ》としての責務を果たすべく行動を続ける。


探索者のケンは、今のところはそれまでとさほど変わらない日常を送っている。

しばらくの間は小波《さざなみ》が立つかもしれないが、時間が経てばすぐに収まるのだろうと考えて。

それが本当に小波なのか、大きな波の前兆だったのかはまだ誰にも判らない。

飼育員B（しいくいんびー）

茨城県出身。男性。高校生の時に始めた趣味のパソコンが高じて職業プログラマに。ネットの海をさまよっている時に「小説家になろう」の存在を知ってハマり、軽い気持ちで小説を書き始め投稿するようになる。本作がデビュー作となる。

レジェンドノベルス
LEGEND NOVELS

迷《めい》宮《きゅう》のスマートライフ 1 鈴《すず》木《き》健《けん》一《いち》郎《ろう》のダンジョン攻《こう》略《りゃく》メソッド

2019年5月7日　第1刷発行

［著者］ 飼《し》育《いく》員《いん》B《びー》
［装画］ 鈴《すず》木《き》康《やす》士《し》
［装幀］ 坂野公一（welle design）

［発行者］ 渡瀬昌彦
［発行所］ 株式会社 講談社
〒112-8001 東京都文京区音羽2-12-21
電話 ［出版］03-5395-3433
［販売］03-5395-5817
［業務］03-5395-3615

［本文データ制作］ 講談社デジタル製作
［印刷所］ 凸版印刷 株式会社
［製本所］ 株式会社 若林製本工場

N.D.C.913 254p 20cm ISBN 978-4-06-515131-0

レジェンドノベルス
LEGEND
NOVELS